Alex Capus

13 wahre Geschichten

Alex Capus

13 wahre Geschichten

Deuticke

Inhalt

Ein Schweizer Rasputin in Teheran

Das ist die Geschichte des Genfer Gärtnergehilfen Ernest Perron, der sich den Kronprinz von Persien zum besten Freund nahm, mit ihm ins Morgenland reiste und das halbe Leben in intimster Nähe des mächtigen Monarchen verbrachte – bis er in Ungnade fiel und zum Sterben in die Heimat zurückkehrte.

Am Tag der schicksalhaften ersten Begegnung war Ernest Perron dreiundzwanzig Jahre alt, ein zarter Jüngling von kleinem Wuchs, der abends heimlich Gedichte schrieb und tagsüber Gärtnergehilfe war im weltberühmten Knabeninternat »Le Rosey« am Genfersee. Er hatte nur acht Jahre die Grundschule besucht, war früh an Kinderlähmung erkrankt und zog das rechte Bein hinter sich her. Wahrscheinlich hätte sein Leben keinerlei Zeichen hinterlassen im großen Buch der Menschheitsgeschichte – wenn er nicht an jenem Septembertag des Jahres 1931 eine Schubkarre voll Kompost übers Gelände des Knabeninternats geschoben hätte. Wie jedesmal hatte der mädchenhafte Jüngling schwer mit der Karre zu kämpfen, und wie jedesmal verfolgten ihn die Zöglinge des Internats, die allesamt gutgebaute Söhne schwerreicher Eltern aus aller Herren Länder waren, mit Hohn und Spott. Sie schlugen ihm wohl gegen die knochigen Schultern, warfen seine Schubkarre um und klopften zotige Sprüche; denn in »Le Rosey« wußte jeder, daß Ernest Perron homosexuell war. Es war alles wie jedesmal – außer, daß diesmal ein Beschützer auf den Plan trat, der die Quälgeister mit Faustschlägen vertrieb. Der Schutzengel hatte morgenländisch schwarze Augen und hieß Mohammed Reza Pahlevi. Er war neu an der Schule und erst zwölf Jahre alt, aber der Kronprinz und erstgeborene Sohn des Schahs von Persien. Der Augenblick, da der Prinz und der Gärtnersohn mit vereinten Kräften die gekippte Schubkarre aufrichteten, war der Anfang einer lebenslangen Freundschaft.

Der Kronprinz war ein todunglückliches Kind. Während seiner ersten sechs Lebensjahre hatte er es noch gut gehabt als einziger Bub im Frauenhaushalt seiner Mutter, seiner Zwillingsschwester Ashraf und der zwei Jahre älteren Schwester Shams. Aber dann war sein Vater Reza Khan Pahlevi – ein Kosakenhauptmann bäuerlicher Herkunft, ungebildet, raffgierig und hemmungslos gewalttätig – am 25. April 1926 von den britischen Kolonialherren auf den Pfauenthron gehoben worden, damit er ihnen preisgünstigen Zugang zum persischen Erdöl verschaffte. Der neue Schah kam dem Wunsch der Briten nach, und nebenher häufte er mittels Hinrichtungen und Giftmorden, mit Erpressung und Einschüchterung und unverhohlener Drohung ein ungeheures Privatvermögen an. Er schaffte viele Millionen Pfund außer

Landes, versteckte sie auf geheimen Konten in den USA und der Schweiz; und als der Bauernsohn, der er war, scheffelte er unersättlich Landbesitz, ließ ihn sich quadratkilometerweise schenken, vererben, überschreiben. Nach fünf Jahren Herrschaft besaß Reza Khan als Privatmann mehr Land als je ein Mensch auf dieser Welt vor ihm; über Hunderte von Kilometern konnte er ausfahren, ohne seinen Besitz zu verlassen. Wenn er abends in einem Dorf oder einer Stadt sein Nachtlager aufschlug, mußten vor Sonnenuntergang sämtliche Hunde im Ort getötet werden, damit sein Schlaf nicht von Gebell gestört wurde.

Seine Ehefrau sowie der Kronprinz und die zwei Prinzessinnen waren froh, daß der Schah so gern und viel reiste; denn Reza Khan pflegte auch in der Familie jene Umgangsformen, die er als Kosak auf dem Kasernenhof gelernt hatte. Seinen Sohn und Thronfolger aber wollte der König nicht dauerhaft den Frauen überlassen. Als der kleine Mohammed Reza sechs Jahre alt war, entfernte er ihn aus dem mütterlichen Palast und gründete eigens für ihn eine Kadettenschule, in der alle Schüler Uniform trugen und ein großer Teil des Tages militärischem Drill galt. Der Kronprinz, so plötzlich von Mutter und Schwestern getrennt, litt schrecklich unter der königlichen Isolation. In rascher Folge erkrankte er an Typhus, Keuchhusten, Diphterie und Malaria, mehrmals war er dem Tod nahe, und die Ärzte wollten ihn schon aufgeben. Mit der Zeit aber gewöhnte er sich ans Soldatenleben. Als er elf Jahre und sieben Monate alt war, schloß er die Kadettenschule ab, worauf ihn der Vater erneut der gewohnten Umgebung entriß und zur weiteren Erziehung nach Europa schickte – und zwar in die neutrale Schweiz, um diplomatische Verstrickungen zu vermeiden.

Ernest Perron war dem zehn Jahre jüngeren Kronprinzen zutiefst dankbar für den ritterlichen Beistand an der Schubkarre. Er revanchierte sich, indem er ihm hingebungsvoll bei den Französischaufgaben half, ihn in die französische Literatur einführte und allerlei Dienstbotengänge erledigte. Der einsame Prinz seinerseits erwiderte die Zuneigung bereitwillig; nach der Trennung von der Mutter, der königlichen Einsamkeit an der militärischen Grundschule und den ersten heimwehkranken Wochen im Ausland hatte er einen treuen Gefährten dringend nötig.

So entstand zwischen Mohammed Reza und Ernest Perron über alle Schranken des Standes, der Herkunft und der Sprache hinweg eine tiefe Freundschaft. Daß an der Schule schon bald getuschelt wurde über den homosexuellen Schweizer und den Schönen aus dem Morgenland, kümmerte sie nicht. An den Wochenenden verbrachten sie lange Stunden im Zimmer des Prinzen und spielten Schallplatten, hörten Radio oder lasen einander selbstverfaßte Gedichte vor. Andere Vergnügungen waren Mohammed

Reza verboten. Wenn seine Schulkollegen nach Lausanne oder Genf zu Tanzpartys fuhren, blieb er zu Hause; denn der Schah hatte ihm verboten, das Schulareal ohne seinen Leibwächter zu verlassen. Und wenn die anderen auf Radtour oder schwimmen gingen, verbot ihm das der Leibwächter, der mit gutem Grund die Rache des Schahs fürchtete für den Fall, daß dem Kronprinz etwas zustieß.

So vergingen fünf Jahre. Als am 29. April 1936 Prinz Mohammed Reza Pahlevi, mittlerweile siebzehn Jahre alt und zum jungen Mann herangewachsen, am Bahnhof von Lausanne ein Eisenbahnabteil erster Klasse bestieg, um zurückzukehren in seine Heimat – war Ernest Perron an seiner Seite. Die zwei ungleichen Freunde fuhren über Bern, Wien und Moskau nach Teheran.

Wie nicht anders zu erwarten war, hatte der Schah wenig Verständnis dafür, daß der Kronprinz einen hinkebeinigen, homosexuellen und halbgebildeten Gärtnersohn aus Europa mitbrachte. Es gefiel ihm nicht, daß da plötzlich und erstmals ein Ausländer an seinem Hof verkehrte, der die Tage damit verbrachte, mit wehendem Foulard durch den Schloßgarten zu wandeln, Gedichte zu schreiben und Rimbaud oder Verlaine zu rezitieren. Den Sohn schimpfte er in Anwesenheit seiner Minister einen Playboy, die Studienjahre in Le Rosey bezeichnete er als reine Zeitverschwendung. Nach wenigen Wochen verlor der Vater die Geduld und verbannte Ernest Perron vom

Hof. Auf Fürbitte des Kronprinzen aber wurde er nicht des Landes verwiesen, sondern erhielt eine Anstellung als Gärtner in der kaiserlichen Sommerresidenz in Ramsar, dem vornehmen Badeort am Kaspischen Meer, dreihundert Kilometer nordwestlich der Hauptstadt.

Es ist nicht anzunehmen, daß Perron sich dort von früh bis spät der Gartenarbeit hingab. Bekannt ist, daß er in den mondänen Cafés an der Strandpromenade ein gern gesehener Gast war und daß er schon bald regen Umgang pflegte mit Diplomaten, Geschäftsleuten und militärischen Beobachtern, die jeweils im Sommer aus der Hitze Teherans an die Küste flohen.

Der Kronprinz hingegen mußte auf Anordnung des Vaters die Militärakademie absolvieren. Da der Schah noch immer starke Zweifel an der Männlichkeit seines Stammhalters hegte, befahl er dem Schulkommandanten, den Kronprinz strenger und härter zu behandeln als dessen Klassenkameraden. Trotzdem schafften es Ernest Perron und Mohammed Reza, sich alle zwei Wochen heimlich zu treffen, mal in Teheran, mal in Ramsar, mal auf halbem Weg.

Die heimlichen Treffen hatten erst zwei Jahre nach Ausbruch des Zweiten Weltkriegs ein Ende. Der Schah hatte in Zusammenarbeit mit Großbritannien das reiche Persien derart gründlich geplündert, daß das hungernde Volk zu murren begann. Als Reza Khan in den ersten zwei Kriegsjahren auch noch massenhaft Getreide und Vieh nach Deutschland und in die Sowjetunion verkaufte, war die Revolte nicht mehr aufzuhalten. Um das strategisch wichtige Land wieder unter Kontrolle zu bringen, marschierten am 25. August 1941 britische und sowjetische Truppen im Iran ein, schickten Reza Khan nach Südafrika ins Exil und hoben dessen Sohn Mohammed auf den Pfauenthron.

Von jenem Tag an waren die zwei Freunde wieder vereint. Ernest Perron lebte im Palast des jungen Schahs wie ein Mitglied der Familie, sprach mit dem König französisch, nannte ihn scherzhaft »Du, Majestät« und war auf dem laufenden über alle Angelegenheiten der Familie, des Hofes und der internationalen Politik. Er war Mohammed Rezas engster Vertrauter – eine offensichtliche Tatsache, die namentlich den Ehefrauen des Monarchen schwer zu schaffen machte. Seine zweite Gattin Soraya klagte Jahrzehnte später in ihren Memoiren, daß Ernest Perron den Schah jeden Morgen eine Stunde lang im Schlafzimmer besuchte, und daß niemand genau wußte, was dort drinnen vor sich ging.

Eine offizielle Stellung am Hof besaß Perron nicht. Aber schon ein Jahr nach der Thronbesteigung beauftragte Mohammed Reza seinen Freund, nach Südafrika zu reisen, den Ex-Schah im Exil aufzusuchen und ihm eine Schachtel voll heimatlicher Erde sowie eine vom Sohn besprochene Schallplatte zu überbringen. Zurück in Teheran, stellte sich heraus, daß Perron eine große Begabung hatte für Intrigen und Ränkespiele auf dem diplomatischen Parkett. Er ging bei den Botschaftern aller Länder ein und aus, war mit ihren Kindern und Ehefrauen auf Du und Du und machte sich unentbehrlich, indem er alle möglichen Leute einander vorstellte.

Als Prinzessin Ashraf, die Zwillingsschwester des Schahs, sich unsterblich in Houshang Teymourtash verliebte, einen jungen Mann, dessen Familie noch beim alten Schah in Ungnade gefallen war, schickte Mohammed Reza seinen Schweizer Freund vor. »Der Schah zweifelt nicht an der Aufrichtigkeit deiner Gefühle«, sagte Perron zu Houshang. »Aber Seine Majestät kennt seine Schwester. Er weiß, daß eine Heirat mit dir ihr Unglück und Leiden bringen würde. Wenn du sie liebst, wirst du dich nicht mehr mit ihr treffen.« Houshang Teymourtash verstand den Wink und sah Prinzessin Ashraf nie mehr wieder.

Schon bald hatte der »diabolische Schweizer«, wie die eifersüchtige Soraya Ernest Perron nannte, den Ruf eines Rasputin am Pfauenthron. Wer immer eine wichtige Stellung am Hof oder an einer Botschaft im Ausland erringen wollte, suchte seine Unterstützung; denn es war landesweit bekannt, daß der seltsame Fremde jeden Tag eine Stunde im Schlafzimmer des Schahs zubrachte.

Westliche Diplomaten und Geheimdienste nahmen Ernest Perron stirnrunzelnd zur Kenntnis. Er sei »ein seltsamer, dekadenter Bursche«, schrieb der britische Botschafter in Teheran seinem Amtskollegen in

Bern, »der sich anzieht wie ein Musical-Star, den Leuten aus der Hand liest und dann die überraschendsten Bemerkungen über ihr Sexualleben macht.« Der belgische Botschafter bezeichnete Perron als »un exalté, un illuminé, un mystique«, in dessen Obhut man keinen jungen Mann geben sollte – und schon gar nicht einen Kronprinzen.

Aber da nun schon mal ein Europäer dem Monarchen zu Füßen saß, bediente man sich seiner. Der britische Botschafter lud Perron zum Tee, der französische bat ihn zum Abendessen, der US-amerikanische spät abends auf einen Whisky. Es scheint, daß der Schweizer vor allem während des Zweiten Weltkriegs als Kontaktmann zwischen dem Schah und den Alliierten wirkte und daß er deren Geheimdienstleuten Zugang zum Hof verschaffte. Bei all dem aber war er stets der loyale Gehilfe seines Königs; nichts deutet darauf hin, daß er eigene politische Ziele verfolgt hätte oder gar als Doppelagent unterwegs gewesen wäre. Sein Element war die Intrige auf dem diplomatischen Parkett, das Ränkespiel in der besten Gesellschaft Teherans, der familiäre Umgang mit den gekrönten Häuptern.

Während der Schah mithilfe Großbritanniens und der USA zäh daran arbeitete, Regierung und Parlament seines Landes auszuhebeln und alle Macht an den Thron zu binden, lebte Gärtnergehilfe Ernest Perron Jahr um Jahr im Glanz des Hofes. Wenn der Schah eine Jagdpartie organisierte oder zum Pferderennen ging oder ein Picknick abhielt, war er dabei. Und wenn grad kein Ausflug auf dem Programm stand, absolvierte er seine rituellen Besuche in den wichtigsten Häusern Teherans – die ihm alle offenstanden.

Daß sein Schicksal auf Gedeih und Verderb mit jenem Mohammed Rezas verbunden war, erlebte er 1953, als der Schah im Machtkampf mit dem Ministerpräsidenten Mossadegh vorübergehend unterlag und nach einem mißlungenen Staatsstreich für sechs Tage ins Exil nach Rom mußte. Im Augenblick größter Not dachte der König nicht daran, seinen alten Freund mitzunehmen, oder es war ihm nicht möglich. Jedenfalls blieb Ernest Perron in Teheran zurück, wurde als Staatsfeind in Haft gesetzt und angeblich zum Tod durch den Strang verurteilt. Nach drei oder vier Tagen – und kurz vor der Rückkehr des Schahs – war es ein Landsmann, der Schweizer Militärattaché Pierre Musy, der ihn aus dem Gefängnis befreite. Bei Kaffee und Kuchen erzählte Perron später dessen staunenden Söhnen, daß er vom Zellenfenster aus den für ihn bestimmten Galgen habe sehen können.

In den folgenden Jahren stieg Schah Mohammed Reza Pahlevi mithilfe der USA zum mächtigsten Monarchen der Welt auf. Er schaltete alle Opposition aus, regierte das Land autokratisch und verfügte dank dessen Ölvorkommen über unerschöpflichen Reichtum. Ernest Perrons Tage als graue Eminenz am Hof aber waren gezählt; im Januar 1954 verwies ihn der junge Monarch vom Hof und kündigte ihm nach dreiundzwanzig Jahren offiziell die Freundschaft. Weshalb, weiß man nicht. Sei es, daß der CIA als neue bestimmende Kraft im Land dem Schah nahegelegt hatte, sich von seinem windigen Freund zu trennen, oder daß der Schah ihm ein mißglücktes Vermittlungsgeschäft mit Großbritannien übelnahm oder daß das Volk allzu laut über eine angebliche Bettgeschichte zwischen dem Monarchen und seinem Gärtner tuschelte – auf jeden Fall mußte Perron seine Zimmer im Palast räumen. Er fand Unterschlupf im nahen Palast von Mohammed Rezas älterer Schwester Shams, der er besonders verbunden war, seit sie zum katholischen Glauben konvertiert war.

Von da an gibt es nur noch spärlich Nachrichten über Ernest Perron. Manche Zeitzeugen sagen, er habe sich aus Kummer über die königliche Zurückweisung das Leben zu nehmen versucht; andere behaupten, er und der Schah hätten die heimlichen Treffen ihrer Jugend wieder aufgenommen und seien einander in alter Verbundenheit zugetan gewesen bis zum letzten Tag. Wo immer die Wahrheit liegt – Mohammed Reza und Ernest Perron haben das Geheimnis wohl mit ins Grab genommen. Vom Schweizer sind keine persönlichen Aufzeichnungen bekannt, der Monarch erwähnt Ernest Perron in seiner dreibändigen Autobiografie kein einziges Mal.

Vom kaiserlichen Hof und vom diplomatischen Parkett verbannt, wandte sich Ernest Perron in den letzten Jahren seines Lebens der Religion zu. Er flog mindestens einmal jährlich in die Schweiz und absolvierte Kurse an der freikirchlichen Bibelschule Beatenberg im Berner Oberland, welche die im Wortsinn unbedingte Unfehlbarkeit der Bibel propagiert und an die Wiederkunft Jesu glaubt. Dann besuchte er auch die wenigen Freunde, die er in der Schweiz noch hatte, und ging im weltberühmten Sanatorium von Doktor Bircher in Zürich zur Kur.

Bei seinem letzten Aufenthalt im Herbst 1961 war er sehr schwermütig. Am 1. Oktober besuchte er die Familie des mittlerweile heimgekehrten Militärattachés Pierre Musy auf dessen Landgut in Düdingen unweit von Bern. Als ihn der jüngste Sohn Jean-Christophe abends nach Zürich in Doktor Birchers Sanatorium fuhr, sprach Perron im Auto düster davon, daß die Geschichte des zwanzigsten Jahrhunderts ein einziger Kampf ums Erdöl sei und daß der Schah unausweichlich vom Thron gestoßen werde, wenn er sich nicht ganz nah an die Sowjetunion anbinde. Gegen Ende der Fahrt aber wurde der 53jährige wieder fröhlich und schwärmte von der baldigen Wiederkehr des Messias und vom Nahen des Paradieses auf Erden.

Kurz vor neun Uhr kamen sie im Sanatorium an. Ernest Perron ging sofort aufs Zimmer. Am nächsten Morgen um halb acht Uhr fand ihn das Zimmermädchen tot im Bett liegend. Sofort kursierten Gerüchte, er sei vom CIA getötet worden. Andere meinten, er habe sich selbst vergiftet. Der Gerichtsmediziner konstatierte akutes Herzversagen. Der Polizeikommissär schrieb in seinem Bericht von einem »außergew. Todesfall«, hielt dann aber in der Rubrik »Bemerkungen« fest: »Es liegt Herztod vor. Ein Verbrechen erscheint ausgeschlossen.« Als letzter Wohnort des Verschiedenen steht im Todesregister »Teheran, Palais Royal«, und unter Beruf »Privatsekretär des Schahs v. Persien«.

Seine letzte Ruhe fand Ernest Perron auf dem Friedhof von Beatenberg, von dem aus man einen prächtigen Ausblick hat auf die Gipfel von Eiger, Mönch und Jungfrau. Es sang der Männerchor der Bibelschule. Ernest Perrons Schwester Louise war vom Gesang so ergriffen, daß sie nach dem Begräbnis einem der Sänger gestand, sie hätte größte Lust, in die Bibelschule einzutreten.

Der Spuk von Stans

Elf Kilometer südlich von Luzern steht an der Gotthard-Autobahn ein stattliches Nidwaldner Bauernhaus. Das ist das Spukhaus von Stans, das den liberalen Politiker Melchior Joller in Wahnsinn und Tod trieb. Er war ein aufgeklärter Mann und glaubte nicht an Gespenster – aber er konnte sie doch sehen und fühlen, wenn sie ihm kalt und hart wie mit Hundekrallen über die Wange fuhren. Ob wahr, eingebildet oder inszeniert: Es muß der Geist seiner bauerntrotzigen Großmutter gewesen sein, der Rache genommen hat am weltoffenen Enkel. Und das kam so.

Als im Frühling 1798 die Alte Eidgenossenschaft unter dem Druck der revolutionären französischen Truppen zusammenbrach, herrschte große Aufregung bei den neuntausend Bewohnern Nidwaldens; denn alle stimmfähigen Männer sollten einen Eid schwören auf die Verfassung der jungen Helvetischen Republik. Politisch zugestimmt hatten sie schon am 12. Mai an der Landsgemeinde zu Stans, murrend und mit Fäusten drohend zwar, aber genötigt von der Übermacht der französischen Waffen. Schwören hingegen, das war etwas anderes. Davon wollten die katholischen Nidwaldner nichts wissen. Schwören konnte man nur auf Gott, niemals auf ein Gesetzbuch, schon gar nicht auf ein aufgezwungenes. Und von Freiheit, Gleichheit und Brüderlichkeit wollten vor allem jene einflußreichen Nidwaldner nichts wissen, die eigene Privilegien zu verteidigen hatten.

»Frey solt der Mensch seyn!« höhnte Kaplan Kaiser in der Kirche zu Stans. »Frey! Als ob der geworfene Stein durch sich selbst in die Hand des Werfenden zurückkehren könne. Freyheit! Möchte wissen, wer das Wort erfunden hat. Freyheit! An welchem Tag schuf Gott die? Und hat ER sie nicht erschaffen, woher kam sie denn? Hütet Euch wohl, die neue Konstitution anzunehmen. Sie ist des Teufels Werk, indem sie uns frey machen will. Freyheit aber streitet gegen Gottes Einrichtung.«

Wahrscheinlich saß an jenem Morgen auch Melchior Jollers Großmutter im Kirchenschiff. Veronika Gut war 41 Jahre alt, Witwe aus alter, angesehener Bauernfamilie und eifrige Kirchgängerin; ein Stuhl auf der Frauenseite trug ein silbernes Schild mit ihrem Namen. Ihr Hof, die Spychermatte, lag abseits des Dorfs im fruchtbaren, sonnigen und leicht zu bebauenden Stanser Talboden. Leider ist kein Bild von ihr erhalten. »Es grosses, schwärs Wiibervolch« sei sie gewesen, schrieb ihr Enkel Melchior. Und der Nidwaldner Kunstmaler Martin Obersteg vertraute seinem Tagebuch an, sie sei ein »beses und regiersichtiges Weib« gewesen. Alle ihre Zeitgenossen sind sich einig, daß sie eigensinnig und beharrlich war wie eine gute Nidwaldnerin und eine eifrige Vaterländerin im Kampf gegen die gehaßten Patrioten.

Vaterländer und Patrioten: Was wie zwei Begriffe für eine Sache klingt, war vor zweihundert Jahren Ausdruck der größtmöglichen politischen Gegensätzlichkeit. Patrioten waren die Befürworter der neuen Ordnung, die auf den Menschenrechten basierte, das Volk aus der Unmündigkeit führen und die Macht des Klerus weltlichen Gesetzen unterordnen sollte. Die Vaterländer hingegen waren die Altgesinnten, die sich bis aufs Blut für die althergebrachte, von der katholischen Kirche geprägte Herrschaft einsetzten. Es versteht sich, daß der Klerus und reiche Bauersleute wie Veronika Gut in jeder Neuerung nur Nachteile sehen konnten. Aber auch viele arme Nidwaldner waren konservativ und fürchteten sich vor allem Fremden, das aus der Welt ins Tal eindringen mochte. Als Katholiken fürchteten sie sich vor der protestantischen Übermacht, als Landbewohner vor den immer stärker werdenden Städten. Hinzu kam der anarchische Eigensinn, der wohl überall auf der Welt den Berglern eigen ist: Sie wollten keine fremden Richter, keine übergeordneten Bürokraten, keine anonymen Staatsgebilde über sich ertragen.

In jenem Sommer 1798 brachte es das zentralistische Direktorium der Helvetischen Republik nicht über sich, ausnahmsweise fünfe gerade sein zu lassen, die störrischen Bergler von ihrem Schwur auf die Verfassung zu dispensieren und ansonsten den Weg der Modernisierung weiterzugehen. Statt dessen sandte die Regierung Ultimatum auf Ultimatum über den Vierwaldstättersee, welche die Nidwaldner mit Hohnlachen quittierten. Bis zum Ende des Sommers hatte die Sache, die eine belanglose Formalität hätte sein können, sich zu einem wahren Volksaufstand ausgewachsen. Immer wilder agitierten die Pfarrherren von der Kanzel herab. Immer hitziger wurden die Debatten im Gasthof »Zum Engel«. Immer lauter schrien die Frauen auf dem Dorfplatz nach Krieg. Und immer öfter beschmierten Altgesinnte nachts die Häuser der Liberalen mit Zeichnungen von Teufeln und Dämonen.

Veronika Gut traf ihrerseits umsichtig Kriegsvorbereitungen. Gut möglich, daß sie damals schon anfing, Waffen zu schmuggeln: Sie fuhr morgens mit dem Boot über den See auf den Luzerner Wochenmarkt, verkaufte Obst und Käse und kehrte abends verbotenerweise heim mit Pistolen, Gewehren und Schießpulver. Sicher ist, daß die Stanserin im Spätsommer 1798 damit anfing, die Wortführer der Vaterländischen abends zu heimlichen Sitzungen in der Spychermatte zu empfangen. Und tagsüber lief sie von Haus zu Haus und verbreitete Lügengeschichten, die der Nachwelt in Gerichtsprotokollen erhalten sind. An der einen Tür gab sie zum Besten, der helvetische Distriktstatthalter habe an einem Fastentag »braff Brattis« (tüchtig Braten) gegessen. An der nächsten Tür raunte sie, daß unter dem Franzosenregime »die Geistlichen mögen Hochzeit halten, und daß die Capuciner und Klosterfrauen können die

Kutten ausziehen und auch Hochzeit halten, und der Pfarrer werde auch bald eine haben«. Und überall säte sie Angst und Schrecken mit ihren Visionen von Liebeslust und Ausschweifung.

Schließlich hatten sich die katholischen Revoluzzer derart in Rage geredet, daß sie am 18. August 1798 den Distriktstatthalter und fünf weitere Vertreter der Helvetischen Republik gefangennahmen, fesselten und im Rathaus in Haft setzten. Das ging nun der helvetischen Zentralregierung zu weit. Jetzt war klar, daß der europäische Zeitgeist mit Waffengewalt im Bergtal Einzug halten würde.

Veronika Gut war begeistert. Für das Vaterland gab sie mit vollen Händen: Lebensmittel für Kriegsproviant, Silberzeug in die Kriegskasse, Zinn- und Kupfergeschirr für die Nidwaldner Schmelztiegel und Waffenschmiede. Sechs Tage vor dem Angriff brachte sie dem Kriegsrat 600 Gulden als Darlehen, was etwa zwei Jahreslöhnen eines Handwerkers entsprach. Als die Nidwaldner Männer zu den Waffen gerufen wurden, schickte die Stanserin auch ihren erstgeborenen Sohn Leonz hin, obwohl der mit siebzehn Jahren eigentlich noch zu jung war für den Kriegsdienst.

Nicht alle Nidwaldner teilten Veronika Guts Begeisterung; denn daß Nidwalden gegen Frankreich militärisch ohne Chance war, mußte jedem klar sein, der noch halbwegs bei Trost war. In den Tagen vor dem Krieg flohen viele Familien über den See nach

Luzern, Schwyz oder Zug. Dabei hatten sie das Unglück, daß der Weg von Stans zum Hafen an der Spychermatte vorbeiführte. Es ist aktenkundig, daß das »bese und regiersichtige Weib« viele an der Flucht hinderte; und jenen, die ihren Weg fortsetzten, rief sie hinterher, »sie sollen nur gehen, es seye nicht schade«.

Der Krieg fand an einem Sonntag statt. Er war kurz und schrecklich. Im föhnig warmen Morgengrauen des 9. September stiegen die französischen Bataillone über die umliegenden Berge, und vom See her näherten sich Schiffe. Wie die Heuschrecken fielen die Soldaten ins Tal ein und überrannten die tausendzweihundert Nidwaldner Bauern, die tapfer, aber aussichtslos kämpften mit ihren Steinschloßgewehren. Nach wenigen Stunden war der Kampf vorüber. Auf dem Schlachtfeld blieben etwa hundertsiebzig Soldaten, dem anschließenden Raubzug der Franzosen fielen mehr als dreihundertfünfzig Frauen, Kinder und Greise zum Opfer. Über fünfhundert Wohnhäuser, Ställe und Scheunen gingen in Flammen auf.

Veronika Gut und ihre fünf Kinder hatten sich rechtzeitig in Sicherheit gebracht. Ihr Erstgeborener Leonz aber fiel auf dem Schlachtfeld, und aus dem sicheren Versteck mußte sie zuschauen, wie die Spychermatte bis auf die Grundmauern niederbrannte. Die Stanserin wurde verhaftet und als Aufrührerin verurteilt. Zur Strafe mußte sie an einem Sonntag vor dem Gottesdienst bei der Kirchtür stehen mit einem Schild in der Hand, das die Aufschrift »Ruhestörende Lügnerin« trug. Zudem hatte sie ein Zehntel ihres Kriegsdarlehens, also 60 Gulden, in die helvetische Kasse zu geben. Darüber hinaus wurde sie verurteilt, zum Zeichen der Schande ein Jahr lang eine schwarze Haube zu tragen.

Dann war für eine Weile Ruhe. Die Nidwaldner arrangierten sich mit dem helvetischen Einheitsstaat und den fremden Soldaten. Nicht so Veronika Gut. Für die Gotteskriegerin war der Friede nur ein Waffenstillstand, den sie nutzen wollte zur Vorbereitung der nächsten Schlacht. Sofort gab sie den Bau eines neuen Wohnhauses in Auftrag, etwa zwanzig Meter von der Brandruine entfernt. Kaum stand es, hielt sie schon wieder vaterländische Zusammenkünfte ab, verbreitete Unruhe und Gerüchte, beschimpfte durch die Kirchentür hindurch den Kirchenrat, als dieser einen liberalen Pfarrer einsetzte.

In ihrem Trotz war sie ganz und gar unempfänglich für gute Ratschläge, wohlmeinende Worte und versöhnliche Gesten. Als die helvetische Zentralregierung zwei Tonnen Gold nach Nidwalden schickte, um den Opfern des Franzosenüberfalls beim Wiederaufbau ihrer Güter zu helfen, hatte Veronika Gut dafür nur Hohn und Spott übrig: Die Brandgeschädigten würden sowieso nichts davon zu sehen bekommen, und die neuen Herren würden alles für sich behalten.

Damit der Feind in der nächsten Schlacht nicht mehr so leichtes Spiel habe, schmuggelte sie Waffen über den See ins Stansertal. Ihr Enkel Melchior berichtet von einem »langen und schmalen Zimmer, das gleich nach der Erbauung des Hauses (…) meiner Großmutter als Depot des geheimen Waffenhandels diente«. Dieses gefährliche Geschäft habe sie ganz ohne Eigennutz betrieben, den Ankauf von Gewehren sogar mit Darlehen aus der eigenen Kasse finanziert.

Schon bald ging Veronika Guts Saat auf. Immer öfter kam es zu Schlägereien zwischen Patrioten und Vaterländischen. Die Gasthöfe gehörten entweder dem einen oder anderen Lager an, neutrales Terrain gab es nicht mehr; und auch die Menschen waren gezwungen, Farbe zu bekennen. Die Franzosenfreunde waren zu erkennen an der blauweißroten Kokarde, die sie am Hut trugen; die Vaterländischen hatten an der gleichen Stelle Marienbilder oder Kruzifixe.

Vergeblich mahnten die liberalen Machthaber die Vaterländischen zur Mäßigung. »Lasst das!« schrieb ihnen der Regierungsstatthalter. »Ihr erhitzt Eure Einbildung, tyrannisiert die Meynungen Eurer Mitbürger, schröckt das Gemüth der guten Bewohner, stört die häussliche Ruhe, untergräbt das Glück arbeitender Familien, überwerft die Ordnung des Lebens, organisiert sittenlose Gewaltthätigkeiten, und führt namlose Szenen der Aufruhr und der Entzweyung auf. Lasst das.«

Aber Veronika Gut und ihre Mitstreiter wollten es nicht lassen. Unter ihrem Terror kapitulierte ein Liberaler nach dem anderen, packte sein Hab und Gut auf den Heuwagen und zog mit Frau und Kindern aus Nidwalden fort. Nach drei Jahren hatten die Vaterländischen das Land fest im Griff; nun war es Zeit, die große Bühne der Weltpolitik zu betreten. Im August 1801 verbündeten sie sich mit Gleichgesinnten aus den Urkantonen Uri und Schwyz sowie Appenzell und Glarus zur »Schwyzer Tagsatzung« und baten bei den gekrönten Häuptern Österreichs, Rußlands, Preußens, Spaniens und Großbritanniens um Hilfe im Kampf gegen den Franzosen. Das ging nun Napoleon Bonaparte zu weit: Er ließ die Anführer verhaften und die aufständischen Gebiete besetzen. In Nidwalden marschierten am 11. September 1801 erneut sechshundert Soldaten ein. Das freute die wenigen verbliebenen Patrioten und schreckte die Vaterländischen, die einen blutigen Überfall wie jenen drei Jahre zuvor befürchteten.

Veronika Gut muß in der Nacht vor dem Einmarsch einen Wink bekommen haben. Sie raffte das Nötigste zusammen und floh mit ihren vier Töchtern durch Sturm, Regen, Blitz und Donner talaufwärts gegen Wolfenschießen, um bei einer befreundeten Familie Schutz zu suchen. Der fünfzehnjährige Sohn Alois, der vor fremden Soldaten wohl weniger zu befürchten hatte als die Mädchen, blieb zurück. Als sie in stockfinsterer Nacht bei Wolfenschießen den hochgehenden Fluß Engelberger Aa überquerten, die Mutter voran, die vier Mädchen hinterher, brach der Steg. Veronika Gut konnte sich retten, die Töchter wurden von der Flut mitgerissen und tauchten nie mehr auf. Sie hießen Franziska, Agatha, Josepha und Anna und waren zwanzig, achtzehn, vierzehn und zehn Jahre alt.

Hätte die Mutter die Mädchen in ihren Betten schlafen lassen, wäre ihnen nichts passiert. Denn in jener Nacht blieben die Soldaten in den Kasernen, und der Einmarsch am folgenden Tag verlief ruhig und unblutig. Veronika Gut schwor, daß in der Nacht jemand an ihre Tür geklopft und gerufen hatte: »Flieht! Die Franzosen sind im Anmarsch, sie brennen und morden!« Aber außer ihr hatte niemand den Rufer gehört, und die Ermittlungen verliefen ergebnislos.

Jedes zusätzliche Unglück bestärkte Veronika Gut in ihrer störrischen Überzeugung, daß alles Böse von »ennet dem See« komme und daß Nidwalden nur in totaler Unabhängigkeit vom Rest der Welt glücklich leben könne. Um sich ganz ihrem Kampf zu widmen, überließ sie die Spychermatte ihrem einzigen überlebenden Kind, dem fünfzehnjährigen Alois, und zog in ein Haus im Dorfkern von Stans, das im Volksmund schon bald »das zweite Rathaus« genannt wurde. Die Versammlung der Vaterländischen hieß jetzt ganz offiziell »Vronegg(Veronika)-Rat« und bestimmte die Geschichte Nidwaldens über viele Jahre.

Dessen große Stunde schlug 1813, als nach Napoleons katastrophalem Rußlandfeldzug überall in Europa die Konservativen die Oberhand gewannen. In der Schweiz kehrte ein Kanton nach dem anderen zur alten, ständischen Ordnung zurück, und zusammen erneuerten sie den alten Bund der Eidgenossenschaft. Nicht so Nidwalden. Hier hatte das Volk die isolationistische Propaganda des Vronegg-Rates derart aufgesogen, daß es nicht einmal mehr mit den Miteidgenossen verbunden sein wollte. Am 20. Januar 1814 sollte die Landsgemeinde der Bundesverfassung zustimmen, beschloß aber unter großem Applaus: »Der Kanton Unterwalden nid dem Wald erkennt keine Staatsverhältnisse zu einer Zentralgewalt, durch welche die Souveränitätsrechte geschmälert werden könnten, als welche von der Landsgemeinde gebilligt worden wären.«

Ein zweiter Verfassungsentwurf sah weniger Zentralgewalt und mehr Autonomie für die Kantone vor. Aber auch der wurde bachab geschickt, genauso wie ein dritter, vierter und fünfter Entwurf. Um sicher zu sein, daß die Abstimmungsresultate wunschgemäß ausfielen, schickte Veronika Gut jeweils ihre »Stäckli-Buebe« zur Landsgemeinde, kräftige, mit Stöcken bewaffnete Burschen, die scharf darauf Acht gaben, wer wann die Hand hob. So wurde der Vronegg-Rat zur diktatorischen Volkspartei. Ende Juni 1815 schließlich drohte die Eidgenossenschaft, daß Nidwalden im Fall eines weiteren Abseitsstehens auf freien Handel und Verkehr in der Eidgenossenschaft werde verzichten müssen. Die Proklamation schloß mit den Worten: »Um Euer und Euer Kinder Wohl, Bewohner Nidwaldens, bitten wir Euch, diesen Beschluss zu erwägen. Gott bewahre Euch vor dem unseligen Vorsatz, Euch selbst vom Schweizer Bund, für den einst Winkelrieds edles Blut geflossen, auszuschliessen. Das Recht, als freier Schweizer Stand und Stimme im Kreis der Eidgenossen zu haben, für Euch und Eure Kinder zu verlieren!«

Auch der freundeidgenössische Aufruf verhallte ungehört, und es nützte auch nichts, daß die Minister Österreichs, Rußlands, Englands und Frankreichs an den päpstlichen Nuntius in Luzern die Bitte richteten, seinen Einfluß in Nidwalden geltend zu machen, damit sich die Bergler nicht gänzlich der Welt verschlossen.

Veronika Guts Bauerntrotz hatte sich wider alle Vernunft verrannt und fand keinen Ausweg mehr. Als die Nidwaldner den Bundesbeitritt auch noch ein sechstes Mal verwarfen, war es genug. Am 17. August 1815 landeten eidgenössische Invasionstruppen mit dreizehn großen Nauen, zahlreichen Booten und achthundertsiebzehn Mann in Stansstad. Veronika Gut floh hinauf in die Berge, wo sie anderntags von Zürcher Grenadieren aufgespürt wurde. Unter Hohn und Spott wurde sie auf die Hauptwache gebracht, verhört und nach Hause geschickt. In ihrem Keller hatten die Häscher unterdessen zwei Fässer sichergestellt. Eines enthielt sechzig Maß Wein, das andere war voll Schießpulver.

Von jenem Tag an war Nidwalden ein treues, wenn auch widerborstiges Mitglied der Eidgenossenschaft. Veronika Gut lebte still und zurückgezogen an der Nägeligasse. Ein kleines Mädchen, das mit den Eltern das obere Stockwerk bewohnte, sollte sich dreiundsiebzig Jahre später erinnern: »Diese Frau, noch ganz durchdrungen von der Bitterkeit erlittenen Unrechts, konnte nicht begreifen, dass ein junges Geschlecht wieder sorglos heranwuchs und dass es wieder Leute gab, die trotz dieser Vergangenheit lachen und scherzen mochten. Diesem Unmut machte sie dann auf charakteristische Weise Luft. So oft nämlich im oberen Stock noch etwas spät gelacht und gesungen, vielleicht auch getanzt und gesprungen worden war, fing sie am anderen Morgen schon früh um 4 Uhr an herumzurumoren und liess sich die Mühe nicht verdriessen, ein Holzstück aufzuheben und wieder auf den Boden fallen zu lassen.«

Die Stanserin schloß ihr bewegtes Leben am 28. April 1829 im Alter von einundsiebzig Jahren und wurde als geachtete, mildtätige und fromme Frau auf dem Friedhof von Stans beigesetzt. In der Spychermatte lebten Veronika Guts Nachfahren in Frieden und Eintracht, bis im Juni 1861 dem neunjährigen Oskar, einem Urenkel der Stanserin, in der Holzkammer nach dreimaligem Anklopfen eine weißliche Gestalt erschien, die ihn so erschreckte, daß er in Ohnmacht fiel. Seiner Schwester Heinrike erschien ein freundliches, halbnacktes Kind, das plötzlich wieder verschwand. Faustgroße Steine flogen aus dem Haus, Stühle bewegten sich wie von Geisterhand, Dinge verschwanden und tauchten an einem ganz anderen Ort wieder auf. Manchmal klopften unsichtbare Knöchel an die Betten, spürten die erschreckten Hausbewohner ein leises Streichen über den Zeigefinger, ein Kräuseln an der Schläfe, ein warmes Händchen, eiskalte Fingerspitzen, die Hals und Nacken berührten wie kalte, spitze Hundekrallen.

Dann begann es zu poltern. Es polterte im Haus, daß die Leute auf der Straße stehenblieben. Die Kinder flohen in Panik, die Dienstmädchen kündigten. Aber Hausherr Melchior Joller, er war der Sohn von Veronika Guts einzigem überlebendem Sohn Alois, nahm sich vor, das Rätsel zu lösen, und zwar mit aller Beharrlichkeit, die er von der Großmutter geerbt haben mochte. Im Gegensatz zu ihr aber war er ein aufgeklärter Verstandes-Mensch, führte eine Anwaltskanzlei in Stans, war liberaler Nationalrat in Bern und jedem abergläubischen Hokuspokus abgeneigt. Er ging seine Untersuchung mit wissenschaftlichem Ernst an. »Bald legte ich meine Hand von Innen, bald von Aussen auf die Stelle der Thüre, wo die Schläge, mitten auf der oberen Hälfte, von aussenher vernehmbar waren, ohne an der Hand selbsten etwas, auch nur einen Zug oder Druck der Luft, zu spüren.« Joller sah etwas Dunkles, seine Kinder und die Frau sahen einen dunkelbraunen halben Armknochen von der Tür zurückfahren. An anderen Tagen rief eine tief ächzende Stimme nach den Mädchen und fragte, wo die Mutter sei. Äpfel hüpften durch die Küche, und wenn man sie aus dem Fenster warf, kamen sie wieder hereingeflogen.

Melchior Joller fand für kein einziges der Phänomene eine vernünftige Erklärung. Er holte Baumeister, Wissenschafter und Geistliche ins Haus, aber die gingen schulterzuckend wieder weg. Dafür kamen die Lästermäuler. Bei den liberalen Parteifreunden machte sich Joller zum Gespött mit seinen Gespenstergeschichten, und die Katholisch-Konservativen fielen erst recht über ihn her. Eine Weile noch wehrte er sich mit Verleumdungsklagen und Zeitungsinseraten, was der Häme von Freunden und Feinden nur zusätzliche Nahrung bot. Schließlich kapitulierte er, schloß seine Anwaltskanzlei und die Türen der Spychermatte und zog mit Frau und Kindern erst nach Zürich, dann nach Rom, wo er sich lang um eine Audienz beim Papst bemühte und als gebrochener Mann 1865 starb. Er war erst 47 Jahre alt.

Seither hat es in der Spychermatte nie wieder gespukt. Melchior Jollers Kinder und Kindeskinder sind in Rom geblieben. Im Telefonbuch der Stadt sind heute noch die Urenkel Maria-Pia und Ricardo Joller zu finden. Sie reden weder Nidwaldnerdialekt noch Hochdeutsch, sondern Italienisch, und Fragen über ihre kämpferische Vorfahrin und deren unglücklichen Enkel können oder wollen sie nicht beantworten. Das Stanser Bürgerrecht aber haben die Jollers behalten, in hundertfünzig Jahren Exil.

Das Haus in der Spychermatte steht noch heute kaum verändert, wenn auch die Umgebung nicht wiederzuerkennen ist. Wo einst Veronika Guts Apfelhain lag, führt heute die Gotthard-Autobahn durch; hinter dem Haus, wo der Gemüsegarten gelegen haben muß, steht ein Shopping-Center namens Länder-Eck; und vor dem Haus steht eine Wohnsiedlung aus den achtziger Jahren, in der viele Familien aus Ex-Jugoslawien wohnen. Vielleicht wird auch das Haus selber nicht mehr lange stehen; denn am Veronika-Gut-Weg, so heißt die Straße, die in die Spychermatte führt, ist eine zweite Wohnsiedlung geplant.

Der ungehorsame Soldat Max Waibel

Das ist die vergessene Geschichte des mutigen und ungehorsamen Schweizer Soldaten Max Waibel, der auf eigene Faust den Zweiten Weltkrieg um zwei Monate verkürzte, Tausende von Menschenleben rettete und Norditalien vor der Zerstörung bewahrte. Sie beginnt am Mittwoch, dem 21. Februar 1945. Die Alliierten hatten die Festung Europa gestürmt, das Tausendjährige Reich war zusammengebrochen. Im Westen überquerten US-Truppen den Rhein, im Osten russische Einheiten die Oder. Im Süden marschierten Briten und Amerikaner auf die Alpen zu, im Reich schickte der Führer Kindersoldaten in den Tod. Und zwischen allen Fronten lag unversehrt die Schweiz, glückliche und eigennützige Insel des Friedens. An deren Grenzen standen die Wehrmänner und gaben acht, daß die Kriegswirren nicht auf die Eidgenossenschaft übergriffen. Gelegentlich verirrte sich ein alliiertes Flugzeug über den Rhein und warf Bomben ab über Schaffhausen, Basel oder Zürich. Aber im Innern des Landes war Ruhe.

Hoch über dem Vierwaldstättersee bei Luzern lebte der Berufssoldat Max Waibel, fünfundvierzig Jahre alt, Doktor der Politischen Wissenschaften und Major im Generalstab. Selbst ein wohlhabender Basler Bürgerlicher, war er verheiratet mit der zwölf Jahre jüngeren Luzerner Patrizierin Marguerite Schwytzer von Buonas; gemeinsam bewohnten sie das herrschaftliche Landgut Dorenbach am Rande der Stadt. Am Morgen jenes 21. Februar 1945 verschloß Waibel Türen und Fenster des Herrenhauses, um mit Gattin und Kindern nach St. Moritz in die Skiferien zu fahren – noch völlig ahnungslos, daß er an diesem Tag die große Bühne der Weltgeschichte betreten würde. Die Zugfahrt über Zürich und Chur hinauf ins tief verschneite Engadin dauerte fünf Stunden und fünfundfünfzig Minuten. Als die Familie die Lobby des Hotels betrat, streckte der Rezeptionist Max Waibel den Telefonhörer entgegen. Am Apparat war sein Freund Max Husmann.

»Tut mir leid, dich zu stören. Kannst du sofort wieder runterkommen ins Unterland? Ich habe etwas mit dir zu besprechen.«

»Sofort?«

»Nach Zürich.«

»Ist es wichtig?«

»Sehr wichtig.«

Max Waibel stellte keine weiteren Fragen. Da der letzte Zug schon abgefahren war, aß er mit Gattin und Kindern zu Abend, legte sich schlafen und nahm am nächsten Morgen den ersten Zug. Um 12 Uhr 49 traf er in Zürich ein.

Ehefrau Marguerite war die knappen Abschiede ihres Gatten gewohnt. Denn Major Max Waibel war

Leiter der Luzerner Außenstelle »Rigi« des schweizerischen militärischen Nachrichtendienstes; er konnte über seinen Beruf nicht reden. Ein liebevoller Ehemann und Vater, ein höflicher und eher verschlossener Mensch sei er gewesen, sagte mir Marguerite Waibel-Schwytzer von Buonas fast sechzig Jahre später – »aber eigentlich weiß ich fast nichts über ihn«. Sein Leben lang sei er täglich mit dem Pferd ausgeritten, habe lange Ausflüge unternommen in die Wälder um Luzern; und ein sanfter Reiter sei er gewesen, der seinem Pferd leise ins Ohr flüsterte und niemals die Peitsche gebrauchte. Was die Geschichtsschreibung über Max Waibel weiß: Daß er seit 1935 Mitglied des Generalstabs war und mitverantwortlich für den Aufbau des schweizerischen Geheimdienstes; daß er 1938 zehn Monate zur Weiterbildung an der Kriegsakademie Berlin verbrachte; und daß er dort den Nationalsozialismus derart gründlich kennen und verabscheuen lernte, daß er bei seiner Heimkehr in die Schweiz 1940 den sogenannten Offiziersbund mitbegründete. Dessen Angehörige schworen, bei einem deutschen Angriff bedingungslos Widerstand zu leisten – auch dann, wenn die Landesregierung eine kampflose Kapitulation beschließen sollte.

Waibels Freund Max Husmann war nicht Soldat, sondern Mathematiker, Lehrer und Rektor am berühmten Privatgymnasium Montana auf dem Zugerberg, wo die Kinder der Reichen und Mächtigen aus aller Welt zur Schule gingen. Von seiner Zürcher Wohnung an der Sonneggstraße 80 aus hatte man einen schönen Blick hinunter aufs Landesmuseum und auf den Zürichsee, über dem an schönen Tagen in weitem Rund die Alpen thronen. Als Waibel nach zehn Minuten Fußmarsch bei Max Husmann eintraf, machte ihn dieser mit seinem Freund Baron Luigi Parrilli bekannt – einem weltgewandten Neapolitaner von aristokratischem Äußeren, der fließend Deutsch, Französisch, Englisch und Italienisch sprach und viel Geld gemacht hatte mit dem Import US-amerikanischer Kühlschränke (»Nash-Kelvinator«) nach Europa und Nordafrika. Der Baron war in Paris oder London genauso zu Hause wie in Zürich oder Rom, und als Geschäftsmann legte er großen Wert auf gute Kontakte zu den Mächtigen aller Länder. In seiner Heimat Italien waren das – seit Mussolinis faktischer Entmachtung – die deutschen Besatzer. Parrilli gab zu, daß er mit hohen Führern der Wehrmacht und der SS befreundet sei und daß einer von ihnen, SS-Obersturmbannführer Guido Zimmer, ihn in geheimer Mission nach Zürich geschickt hatte.

Max Waibel war mißtrauisch. Was wollte dieser kleine Italiener, der da Zigarre rauchend vor ihm auf dem Sofa saß? Parrilli sagte es rasch und deutlich: Er wollte verhindern, daß Adolf Hitler das reiche Norditalien in eine rauchende Wüste voller Massengräber verwandelte. Der Führer hatte seiner Heeresgruppe C nämlich befohlen, vor einem Rückzug in die Alpen alles Wichtige und Nützliche restlos zu zerstören: die Straßen und Eisenbahnen zwischen Genua, Turin, Mailand und Venedig; sämtliche Fabriken und Elektrizitätswerke, Spitäler, Wasserleitungen, Gaswerke; ebenso sollten die unermeßlichen Kunstschätze der norditalienischen Renaissance-Städte vernichtet, die Bauerndörfer niedergebrannt, die Felder zerstampft werden. Der Verwüstungsfeldzug war in allen Einzelheiten geplant. Die Sprengkommandos hatten die Häfen von Genua und Savona vermint, die Minenkammern an Brücken und Tunnels gefüllt. Und wenn der Befehl zum Rückzug kam, sollten sämtliche Gefangenen – Tausende von Partisanen, internierten Soldaten, Geiseln, oppositionellen Zivilisten – erschossen werden.

Das zu verhindern, war Parrilli nach Zürich gereist. Max Waibel aber blieb mißtrauisch. Welches Ziel verfolgten die Deutschen, wenn sie den Baron in die Schweiz schickten?

Parrilli sagte es ihm. Hohe Führer der in Italien kämpfenden Heeresgruppe C hatten eingesehen, daß der Zweifrontenkrieg nicht zu gewinnen war. Sie wollten sich mit England und den USA verbünden, um mit ihnen gemeinsam den Krieg gegen die Sowjetunion weiterzuführen. An eine Kapitulation in Italien verschwendeten die Deutschen an jenem 22. Februar noch keinen Gedanken. Denn die Heeresgruppe C war kein ausgehungerter, bedrängter Haufen von Kriegsmüden auf dem Rückzug, sondern eine kampfstarke, gut ausgerüstete und erfahrene Armee von 800.000 Mann, die den anrückenden 500.000 Alliierten mindestens ebenbürtig war. Wenn die sich in die österreichischen und bayrischen Alpen zurückzog, konnte sie noch Monate oder Jahre Widerstand leisten – auch dann, wenn das ganze übrige Deutschland von den Russen, Engländern und Amerikanern besiegt und besetzt wäre.

Konnte die neutrale Schweiz vermitteln? Konnte Waibel die nötigen Kontakte zwischen Deutschen und Alliierten knüpfen?

Major Max Waibel erklärte sofort mit aller Bestimmtheit, daß das ganz ausgeschlossen sei. Erstens war es den Alliierten strengstens verboten, Verhandlungen irgendwelcher Art mit Hitler zu führen; Churchill und Roosevelt hatten schon im Januar 1943 in Casablanca beschlossen, daß es kein anderes mögliches Kriegsziel gebe als die bedingungslose Kapitulation Deutschlands. Zweitens konnten Wehrmacht und SS nicht kapitulieren, ohne den Soldateneid zu brechen; denn jeder deutsche Soldat hatte dem Führer Treue geschworen bis in den Tod. Und drittens konnte die Schweiz solche Verhandlungen nicht einleiten, ohne ihre Neutralität zu kompromittieren.

Auch Major Waibel selbst waren die Hände gebunden. Schon beim ersten Schritt hätte ihn das schweizerische Außenministerium zurückgepfiffen, und seine militärischen Vorgesetzten hätten ihm befohlen, die Hände von der Sache zu lassen. Als Mensch aber fühlte er sich verpflichtet, alles zur Rettung Norditaliens zu unternehmen – »nicht weil ein Befehl, sondern weil das eigene Gewissen zur Tat ruft«, wie es in seinen handschriftlichen Erinnerungen heißt. Zwar war auch er an einen Soldateneid gebunden – aber: »Wog die Disziplin schwerer als die moralische Pflicht zu einer humanitären Tat gegenüber einem Nachbarlande – in einem Fall, in dem Tausende von Menschenleben und größte materielle und kulturelle Werte auf dem Spiel standen? Glücklicherweise stellt uns das Leben auch heute noch vor Probleme, deren Lösung weder durch menschliche Gesetze noch durch Gewohnheit geregelt ist und auf die allein das eigene Gewissen eine Antwort zu geben vermag.«

Max Waibel entschloß sich zum Ungehorsam. Und so begab es sich, daß drei Privatmänner – Waibel, Parrilli, Husmann – sich in aller Heimlichkeit daranmachten, auf eigene Faust den Krieg in Norditalien zu beenden. Die drei Männer knüpften Verbindungen zu Geheimdienstleuten und Generälen, organisierten sieben Wochen lang Verstecke und geheime Zusammenkünfte, Transporte und Verpflegung, schickten Kuriere und Transporte von der Schweiz nach Italien und von da wieder zurück – und das alles, ohne daß die wachsamen Schweizer Behörden Wind von der Sache bekamen.

Baron Parrilli war für den Kontakt zu den deutschen Generälen zuständig. Insgesamt dreizehn Mal unternahm er die Reise von der Schweiz nach Fasano bei Verona ins deutsche Hauptquartier und riskierte jedesmal sein Leben; mehrmals mußte er sich mit einem Sprung in den Straßengraben retten, weil alliierte Jagdflugzeuge sein Auto beschossen.

Max Husmann, der Lehrer in der Gruppe, führte vorbereitende Gespräche mit den Unterhändlern beider Seiten. Das wichtigste fand am 8. März statt, als er mit SS-General Karl Wolff per Bahn von Chiasso nach Zürich reiste; ihm mußte Husmann beibringen, daß den Deutschen nur die bedingungslose Kapitulation blieb. Davon wollte der General nichts wissen, bis kurz vor dem Gotthardtunnel eine der willkommensten Lawinen der Weltgeschichte niederging. Die stundenlange Unterbrechung der Reise nutzte der geduldige Pädagoge Husmann, um den SS-General endgültig zum Frieden zu überreden.

Max Waibel knüpfte Kontakte zu den Alliierten. Drei Tage nach seiner ersten Begegnung mit Parrilli empfing er auf Dorenbach seinen Freund Allen Dulles, der in Bern das Schweizer Büro des US-Geheimdienstes OSS leitete; bei Forelle und Weißwein erklärte er dem mißtrauischen Amerikaner, daß der Krieg in Italien vielleicht nicht bis zum bitteren Ende geführt werden müsse. Dulles argwöhnte, daß Parrilli nur ein Werkzeug Hitlers sei, versprach Waibel aber, sich in die Verhandlungen einzuschalten, sobald tatsächlich eine Kapitulation in Aussicht stehe.

Von da an war Waibels Dorenbach das Zentrum der Verschwörung für den Frieden. Mal gingen britische und amerikanische Unterhändler ein und aus, mal saßen hohe Führer von SS und Wehrmacht auf der Terrasse des Herrenhauses, warteten auf Nachricht aus dem gegnerischen Lager, spielten zum Zeitvertreib mit Waibels Kindern und Hunden oder schmökerten in dessen umfangreicher Bibliothek.

Kriegstag um Kriegstag verging, Woche um Woche. Mal schien der Waffenstillstand greifbar nahe, dann wieder ganz unmöglich. Mal waren es die Alliierten, die aus Mißtrauen die Verhandlungen abbrachen, mal die Deutschen, die sich aus Treue zum Führer zurückzogen. Und immer wieder waren es Husmann, Parrilli und Max Waibel, die mit beharrlicher Offenheit, manchmal auch mit List und Tücke, die Parteien zurück an den Verhandlungstisch zwangen. »Während in Oberitalien der Kampf mit den Waffen erbittert weitertobte und sich steigerte, rangen wir in Luzern mit der ganzen Kraft unserer Seele, unseres Geistes und unserer Herzen um die Beendigung des Krieges«, schrieb Max Waibel. »Als Offizier wußte ich, was hinter jeder alliierten Siegesmeldung für blutige Opfer standen: Am 23. April wurde der Po erreicht und die Brückenköpfe über den Strom geschlagen. Einen Tag später stieß die fünfte US-Armee bei Ferrara über den Po vor. La Spezia fiel am gleichen Tage. Aufstand der Widerstandsbewegung in ganz Oberitalien.«

Am 27. April endlich traf in Luzern die erlösende Nachricht ein: Sir Alexander, britischer Feldmarschall und Oberbefehlshaber der alliierten Truppen im Mittelmeerraum, bat Max Waibel, zwei deutsche Parlamentäre zur Unterzeichnung der Kapitulation ins alliierte Hauptquartier nach Caserta zu geleiten. Und zwei Tage später, an Waibels 44. Geburtstag, legten um 12 Uhr mittags eine Million Soldaten die Waffen nieder.

Im königlichen Palast von Caserta feierte am Abend Feldmarschall Sir Alexander den Sieg mit seinen engsten Mitarbeitern. Max Waibel war als sein persönlicher Gast dabei. »Als ich ihn zu seinem größten Sieg und Tag seines Soldatenlebens beglückwünschte, gedachte der Feldherr in ehrenden Worten der Schweiz und dankte mir für die wertvolle Hilfe, die wir zur Abkürzung des Krieges und damit zur Verhinderung von weiterem Blutvergießen und Zerstörungen geleistet hatten.«

Ungefähr zur gleichen Zeit sagte in London Winston Churchill vor dem Unterhaus: »In der Geschichte des Krieges steht diese Kapitulation einzig da, durch die neben einer riesigen Armee, die aus dem Feldzug ausscheidet, ein außerordentlich weites und höchst wichtiges Gebiet befreit wird. Diese Kapitulation wird sich zweifellos günstig auf den Gang der weiteren Ereignisse auswirken.«

Laut Aussagen alliierter Experten hat Max Waibels Aktion den Krieg in Europa um sechs bis acht Wochen verkürzt, Oberitalien vor der Zerstörung bewahrt und Zehntausende, wenn nicht Hunderttausende von Menschenleben gerettet. Aber die offizielle Schweiz dankte Waibel seine Courage nicht. Der Bundesrat erteilte ihm am 14. Oktober 1946 einen Verweis, weil er seine Vorgesetzten nicht informiert und die schweizerische Neutralität verletzt hatte. Die Aktion sei »ein zielbewußter Eingriff in die deutsche Kriegführung, mit dem Zwecke, sie so zu schwächen, daß sie den Kampf aufgeben müsse ... Das war ganz sicher (...) eine feindselige Handlung gegen einen Kriegführenden, vorbereitet und durchgeführt vom Gebiete der Schweiz aus. Es ist ohne jeden Zweifel eine Neutralitätsverletzung im Sinne des Art. 1 der Verordnung vom 14. April 1939.«

Von einer Strafe sah die Landesregierung ab. Um aber das Ansehen der schweizerischen Neutralität zu schützen, wurde es Max Waibel verboten, seine Erinnerungen in Buchform zu publizieren.

Waibel konnte seine militärische Laufbahn fortsetzen. 1948 wurde er zum Oberst befördert, 1954 zum Oberstdivisionär und Waffenchef der Infanterie. Aber seiner Überzeugung, »dass Verantwortungsbewusstsein und Initiative des Einzelnen entscheidenden Anteil haben müssen, wenn der Geist wahrer Freiheit lebendig und schöpferisch bleiben soll«, blieb er zeitlebens treu. Als zu Beginn der sechziger Jahre die Schweizer Armee Atomwaffen und einhundert Mirage-Kampfflugzeuge anschaffen wollte, gehörte er zu den besonnenen Mahnern. Die Geschichte sollte Waibel auch diesmal recht geben; auf die Atombewaffnung verzichtete die Schweiz schon 1963, und ein Jahr später mündete das Flugzeug-Projekt wegen explodierender Kosten in den Mirage-Skandal.

Es scheint, daß die Armeespitze Waibel auch diesmal die Zivilcourage nicht verzieh; jedenfalls ging er im Frühling 1966 pünktlich zum 65. Geburtstag in den Ruhestand – ungewöhnlich früh für einen Berufsoffizier. Er zog sich zurück auf Dorenbach, unternahm lange Ausritte mit seinem Pferd, besuchte Kunstausstellungen und Hauskonzerte bei Freunden und nahm im Herbst an Fuchsjagden teil. An einem dieser gesellschaftlichen Anlässe muß er den Mann kennengelernt haben, der ihn schließlich ins Grab brachte. Ein schillernder Privatbankier namens Ernst Brunner, der es nach 1945 vom Vertreter für Fahrradversicherungen zum Millionär gebracht hatte, indem er das kriegsversehrte Europa mit Penicillin versorgte, bot ihm das Verwaltungsratspräsidium seiner Bank an. Waibel nahm an – wohl aus Freundlichkeit, und um als Pensionär eine Beschäftigung zu haben. Die Bank offerierte märchenhafte Zinsen von zwölf, fünfzehn und achtzehn Prozent, krachte an Weihnachten 1970 zusammen und hinterließ ein Finanzloch von 20 Millionen Franken. Darauf gab Bankier Ernst Brunner in seiner Villa »Anna-Maria« eine letzte rauschende Party für die gesamte Luzerner Prominenz, und nachts um zwei, als die letzten Gäste gegangen waren, schluckte er eine Kapsel Zyankali.

Max Waibel, der gutgläubig einen Teil seines eigenen Geldes und 1,5 Millionen Franken einer gemeinnützigen Stiftung in die Bank gesteckt hatte, stand als Verwaltungsratspräsident jetzt allein in der Verantwortung gegenüber Tausenden von geprellten Kleinsparern. Als klar wurde, daß die Bank nicht zu retten war, tat er, was sein Ehrgefühl und soldatisches Empfinden ihm befahlen. Er ritt am 20. Januar 1971 ein letztes Mal aus in die verschneiten Wälder um Dorenbach. Dann brachte er sein Pferd in den Stall, legte im Entree des Herrenhauses seine persönlichen Effekten ab, rief »Jetz han i gnue!«, ging zu Fuß zurück zum Waldrand am Dietschiberg und setzte mit der Dienstpistole seinem Leben ein Ende.

Abenteuer Nova Friburgo

Groß war die Verwunderung des neunzehnjährigen Freiburger Schneiderlehrlings Louis Hildebrand, als er am 7. Mai 1819 vorzeitig aus dem Genfer Staatsgefängnis entlassen wurde – unter der Bedingung, daß er nach Brasilien auswandere, um im Dschungel eine Schweizer Kolonie zu gründen. Als er sich am 4. Juli auf die Reise machte, begleiteten ihn die Eltern, sein kleiner Bruder und die drei Schwestern sowie zweitausend weitere Schweizer, die jenseits des Ozeans auf ein Leben ohne Hunger und Not hofften.

Louis Hildebrand hatte dem Lehrmeister achtzehn Uhren und 24 Franken gestohlen, war dabei erwischt und nach kurzem Prozeß zu acht Jahren Zuchthaus verurteilt worden. Vielleicht wäre das Urteil milder ausgefallen, wenn er kein »Heimathloser« gewesen wäre; sein Vater Sebastian war zur Zeit der Napoleonischen Kriege aus dem bayrischen Augsburg in die Schweiz eingewandert und verfügte also über keinerlei Bürgerrecht, was im wiedererstandenen Feudalstaat ein schweres Los war. Die Behörden hatten Sebastian Hildebrand von Kanton zu Kanton geschoben, bis er schließlich in Freiburg die zwanzigjährige Catherine Mathis kennenlernte, schwängerte und heiratete, worauf die Obrigkeit ihn nicht mehr loswurde. Zur Zeit, da diese Geschichte spielt, hatte das Paar fünf Kinder: den bereits erwähnten Louis sowie dessen Bruder Jacques (16) und die Töchter Louise (10), Catherine (7) und Claudine (3). Die Familie war den Behörden bekannt: Der Vater ein unsteter Geselle mit dunklen Einnahmequellen, die Buben wohl unverbesserliche Diebe – und was aus den Mädchen in wenigen Jahren werden würde, mochte man sich im katholischen Freiburg gar nicht vorstellen.

Es waren schwere Zeiten. Die eidgenössische Industrie lag darnieder wegen der hohen Importzölle, die Frankreich, Österreich und die Niederlande für Schweizer Uhren und Textilien erhoben; und sollte der Handel je wieder frei werden, würde die rückständige Heimindustrie von der überlegenen britischen Konkurrenz vernichtend geschlagen. Als dann auch noch im April 1815 im fernen Indonesien der Vulkan Tambora ausbrach und so viel Asche in die Atmosphäre spuckte, daß es auf der ganzen Welt zwei Jahre lang keinen Sommer gab, kam es in Europa zu katastrophalen Mißernten und Hungersnöten. Allein im Kanton St. Gallen starben 1816 und 1817 fünftausend Menschen am Hunger; Männer verließen in der Not ihre Familien und gingen in fremde Kriegsdienste, verzweifelte Frauen gingen samt ihren Kindern ins Wasser oder stürzten sich von hohen Felsen in den Tod. In einem Freiburger Dorf beobachtete ein Beamter, wie hungrige Dörfler tote Pferde ausgruben, um sich von ihrem Fleisch zu ernähren.

Ganze Ortschaften waren verlassen, verarmte Kleinbauern, Handwerker und Textilarbeiter zogen als Bettler durchs Land, lagen der Fürsorge auf der Tasche oder stahlen, was sie zum Überleben brauchten.

In dieser Lage beschloß die Freiburger Regierung, etwas für die Armen und Erniedrigten zu tun – nämlich, sie zur Auswanderung zu bewegen. Zweitausend Armengenössige, Heimatlose und Vagabunden sollten im Hochland über Rio de Janeiro eine Schweizer Kolonie gründen. Ein Abkommen mit dem König von Portugal und Brasilien, Joao VI., war schon geschlossen; der König hatte ein großes Stück Land hundert Kilometer nördlich von Rio de Janeiro in Aussicht gestellt und gnädig bewilligt, daß die Kolonie »Nova Friburgo« heißen dürfe.

So kam es, daß am 28. März 1819 der freiburgische Polizeidirektor Charles de Schaller den »Heimathlosen« Sebastian Hildebrand ins Rathaus zitierte, um ihn davon zu überzeugen, daß die Auswanderung für ihn und seine Familie der einzig vernünftige Weg sei. Hildebrand gab zu bedenken, daß sein Erstgeborener wegen Uhrendiebstahls noch jahrelang im Gefängnis sitze und daß eine derart weite Reise ohne ihn nicht in Frage komme – worauf de Schaller ganz unbürokratisch dessen vorzeitige Freilassung erwirkte.

Eigentlich hatte die Freiburger Regierung angenommen, daß die Heimatlosen sich um die Plätze auf den Auswandererschiffen reißen würden; ursprünglich hatte man geplant, in Zukunft jedes Jahr zweitausend Notleidende über den Ozean nach Nova Friburgo zu schaffen. Auf einen ersten Aufruf hin aber meldeten sich kaum Heimatlose, sondern vor allem Freiburger Bürger, einige sogar wohlhabend und gebildet, denen die Enge des reaktionären Europa verleidet war. Um also auch die Armengenössigen zu überzeugen, griff Polizeidirektor de Schaller zu kräftigeren Argumenten. Als beispielsweise der vierundzwanzigjähriger Bettler Joseph Lambert partout nicht auswandern wollte, verkündete de Schaller, das könne nur bedeuten, daß Lambert keine staatliche Unterstützung mehr brauche, und daß er um Einstellung derselben bitte. Das bewog Joseph Lambert schließlich, sich nach Brasilien einzuschiffen.

In anderen Fällen ging die Behörde mit mehr Herz vor. Einem mittellosen Jacques Gremion etwa wurde die Trauung mit einer Witwe bewilligt – unter der Bedingung, daß die beiden umgehend das Land verließen. Und beim arbeitslosen Maurer Victor Armingaud verzichtete man auf einen Prozeß wegen Landstreicherei, da er sich zur Auswanderung bereit erklärte. Damit Armingaud aber die Abreise am 4. Juli nicht verpaßte, setzte die Polizei ihn Ende Juni vorsorglich in Haft.

Treffpunkt war Estavayer am Neuenburgersee. Am 4. Juli hielt der Bischof morgens um halb sechs eine Messe und segnete die Auswanderer. Dann krachten Böllerschüsse vom Schloß herunter, und 1080 Freiburger, Waadtländer und Walliser Kolonisten zogen vorbei an sechstausend Schaulustigen hinunter zu den drei Frachtschiffen, die im Hafen bereitlagen. Die erste Nacht verbrachten sie am nördlichen Ende des Sees unter freiem Himmel, die zweite in Nidau am Bielersee und die dritte in Solothurn, wo sich Auswanderer aus den Kantonen Bern, Solothurn, Aargau, Schwyz und Luzern hinzugesellten. Auf der Aare ging es weiter zum Rhein, dann über Basel und Köln bis zum Hochseehafen von Rotterdam.

Alle Quellen berichten, daß es vor allem die Zuhausegebliebenen waren, die beim Abschied Tränen vergossen. Die zweitausend Kolonisten hingegen sangen und lachten; sie hatten die alten Sorgen und Zwänge hinter sich, und die neuen waren noch nicht da. Frauen, Männer und Kinder saßen eng beieinander, während die Schiffe flußabwärts dem Meer entgegentrieben. Der Freiburger Pfarrer Joye, der die Auswanderer begleitete, schrieb am 28. Juli 1819: »In der einen Ecke weint jemand, in der anderen lacht einer, hier wird gespielt, da gebetet und dort geflucht und diskutiert, und ich befinde mich mitten in dieser Gesellschaft von morgens früh bis abends spät, und muss mich in diesem Getöse auch noch zur Ruhe legen. All das ginge ja noch, wenn ich nicht mit ansehen müßte, wie die Sitten bis zum Äussersten verwahrlosen.«

Aber das Singen und Lachen dauerte nicht lang; bald mußten die Schweizer erfahren, wie schwer die

Emigration ist. Sie gerieten in die Hände von räuberischen Schleppern, wurden übers Ohr gehauen von geldgierigen Händlern, und willkommen hieß man sie nirgends. Das begann noch auf Schweizer Boden. Am Abend des zweiten Reisetags mußte die Polizei in Nidau einschreiten, weil die dortigen Händler ihre Preise allzu schamlos in die Höhe trieben. Ein Freiburger Auswanderer schrieb: »An den meissten Orten mussten wir die Lebensmittel, und was wir sonst brauchten, sehr theuer bezahlen, was freilich nicht sehr schweizerisch ist, in dem man uns wie ungewöhnliche Zugvögel behandelte, die man rupft und zupft, wo man kann.«

Schon bald ging vielen das Geld aus, und damit auch der Mut. Als die Reisegruppe in Basel anlegte, floh der Jurassier Johann Schaeffer mit seiner Frau und den vier Kindern heimwärts nach Saint Ursanne. Aber die Polizei fing die Familie ein und brachte sie zurück aufs Schiff.

Mit der Armut machte sich Krankheit breit, und dann der Tod. Am zwölften Reisetag starb der neunundfünfzigjährige François Lovey vor den Toren eines Elsässer Krankenhauses an Lungenschwindsucht, weil die Ärzte den Fremden nicht behandeln wollten. Dafür erhielt die Kolonie am nächsten Tag Zuwachs. Der Bub, der auf dem Schiff inmitten von zweihundert Passagieren zur Welt kam, erhielt den hoffnungsfrohen Namen »Bonaventure«.

Als die Kolonisten Anfang August in Holland anlangten, hatten die meisten ihre letzten Ersparnisse aufgebraucht, und viele waren krank. Trotzdem drängten sie auf sofortige Weiterreise; denn erstens waren die malariaverseuchten Sümpfe bei Rotterdam lebensgefährlich, zweitens kostete jeder verlorene Tag Geld, und drittens war der Atlantische Ozean im August noch ruhig, während ab September schlimme Herbststürme drohten. Aber die Abreise verzögerte sich Tag um Tag, Woche um Woche. Schuld waren die von der Schweizer Obrigkeit eingesetzten Reiseleiter, die mit der Emigration ihr privates Geschäft betrieben. Der eine hatte auf den Rheinschiffen so viel Schweizer Käse und Keramik als privates Handelsgut für Brasilien mitgeführt, daß für die Auswanderer kaum Platz blieb. Der andere sparte an Nahrung und Unterkunft, wo er nur konnte, und keine Überfahrt über den Atlantik war ihm billig genug. So hausten die Kolonisten den ganzen Monat August in Mijel bei Rotterdam in Zelten und Baracken, ohne Trinkwasser und ohne Schutz vor den Malariamücken. Fast alle waren schon völlig mittellos, krank und ohne Mut und boten ein derartiges Bild des Jammers, daß der König drohte, die Reiseleiter einzusperren und die Kolonisten an die Grenze zu schicken.

Erst als Anfang September auf dem Ozean die ersten Stürme tobten, durften die Schweizer an Bord; denn jetzt galten nicht mehr die teuren Sommerpreise, sondern die billigen Wintertarife. Bevor am 11. September 1819 die »Daphné« als erstes von sieben Schiffen in See stach, waren schon 48 Auswanderer gestorben – die meisten von ihnen Kinder, fast alle an Malaria. Aber auch auf der Überfahrt, die im schnellsten Schiff 55 Tage dauerte und im langsamsten 146, hatten sie Unsägliches zu erdulden. Eingesperrt in zehn mal dreißig Meter großen, überfüllten Zwischendecks, schlecht verpflegt, bei stechendem Gestank von Fäkalien und Erbrochenem und schaukelnden Hängematten als einzigem Mobiliar, breiteten sich Cholera und Typhus rasch aus. Je überfüllter die Schiffe waren, desto schlimmer wütete der Tod. Die »Urania« beispielsweise hatte beinahe doppelt so viele Menschen an Bord, als eigentlich Platz gefunden hätten; von 437 Passagieren kamen 107 ums Leben. Das war eine Sterblichkeit, die man sonst nur auf Sklavenschiffen des 18. Jahrhunderts gekannt hatte.

Auf genau dieses Schiff verschlug es am 12. September 1819 die Familie des jungen Uhrendiebs Louis Hildebrand. Am dreizehnten Tag der Überfahrt starb seine dreijährige Schwester Claudine, am siebenunddreißigsten Tag die siebenjährige Catherine. Die kleinen Körper wurden in einfachen Zeremonien dem Meer anvertraut. Als sich aber die Todesfälle häuften und täglich bis zu zehn Seebestattungen anfielen, ließ Pfarrer Joye die Leichen ohne Aufhebens ins Meer kippen, um die Überlebenden nicht noch mehr zu beunruhigen.

Einen makabren Scherz erlaubte sich das Schicksal am 17. Oktober, als ein stattlicher Hai die »Urania« verfolgte. Die Matrosen harpunierten den Fisch und zogen ihn an Bord. Was dann geschah, berichtet Pfarrer Joye: »Man schnitt dem Hai die Flossen und den Schwanz ab und öffnete seinen Bauch. Wie gross war die Überraschung, als in seinen Innereien ein kleines Kind auftauchte, mit heilem Kopf und einem Körper, an dem nur ein Arm fehlte! Wir nehmen an, dass es sich um die Tochter von Pierre-Joseph Oddin handelte, die in der Nacht zuvor gestorben war.«

Der Uhrendieb Louis Hildebrand überlebte die Fahrt, ebenso die Eltern und seine Geschwister Jacques und Louise. Als die »Urania« am 30. November im Hafen von Rio de Janeiro anlegte, ließ der König von Brasilien zweitausend Orangen, Bananen, Brot, Wein und Schnaps an Bord bringen.

Von Rio de Janeiro waren die Schweizer eher enttäuscht. Pfarrer Joye berichtete, die Straßen seien schlecht, die Häuser nur einstöckig, und überhaupt sehe man »tagsüber nichts als Neger, und die werden in einer Weise behandelt, dass ich nur noch zurück aufs Schiff wollte«. Gerade der Sklavenmarkt aber war es, der viele Schweizer Kolonisten interessierte. Die Sklaven würden dort begutachtet wie Pferde, schrieb ein Pierre Gendre seinen Söhnen, die er vorerst in Freiburg zurückgelassen hatte; »man lässt sie laufen, springen und tanzen, und der Preis der menschlichen Ware beläuft sich auf 600 bis 1200 Franken.«

Ursprünglich war geplant gewesen, daß die Emigranten Anfang September in ihrer neuen Heimat eintreffen sollten. Tatsächlich aber lief das erste Schiff am 4. November in Rio ein und das letzte am 8. Februar – mitten in der Regenzeit. Das bedeutete, daß die 1682 Überlebenden noch nicht am Ende ihrer Leiden waren. Als letzte Etappe stand ihnen ein fünftägiger Fußmarsch in tropischem Regen hinauf ins Gebirge bevor. Als sie verdreckt und durchnäßt in Nova Friburgo anlangten, bot sich ihnen ein niederschmetternder Anblick. Was König Joao II. den Kolonisten als Wohnhäuser hatte bereitstellen lassen, waren hundert halbfertige Baracken, feucht und kalt und fensterlos, voller Würmer und Insekten, und umgeben von Schlamm und Wasserlachen. Die enttäuschten Schweizer hatten keine Wahl. Sie bildeten Gruppen von siebzehn oder achtzehn Personen, die je eine Baracke bezogen, und legten sich auf dem nackten Boden schlafen.

Während der Regenzeit war an Feldarbeit nicht zu denken; die erschöpften und kranken Einwanderer gaben sich der Schwermut hin. Geld hatten sie genug, denn König Joao hatte fürs erste jedem Siedler eine Pension zugesichert. Während sie auf besseres Wetter warteten, ernährten sie sich von Schnaps und halbgaren Kartoffeln, und wenn sie ausnahmsweise Wasser tranken, holten sie es nicht aus dem Brunnen, sondern gaben sich mit der grünen Brühe im Wassergraben zufrieden. Das war der Gesundheit nicht förderlich. Als im April 1820 ein Inspektor des Königs Nova Friburgo besuchte, stellte er fest, daß über ein Drittel der Kolonisten krank war. Tatsächlich starben in den ersten sechs Monaten noch einmal hunderteinunddreißig Schweizer, die meisten wohl an den Spätfolgen der holländischen Malaria.

Mit dem Ende der Regenzeit aber kehrte die Hoffnung zurück. Mitte Mai zogen die Siedler auf das ihnen zugewiesene Land, steckten den Urwald in Brand und setzten Maiskörner in die erkaltete Asche. Im ersten Jahr wollten sie Mais anbauen, im zweiten Bohnen, im dritten Kartoffeln. Während die Saat aufging und zu den schönsten Hoffnungen Anlaß gab, machten sich die Kolonisten daran, das Dorf zu verschönern: Sümpfe wurden trockengelegt und Kanäle gegraben, Palmenalleen gepflanzt und die Häuser weiß getüncht. Die Zukunft sah rosig aus – bis im Oktober wieder die Regenzeit einsetzte.

Zwar hatte sich der Mais bis dahin prächtig entwickelt, aber im endlosen Regen des brasilianischen Sommers gelangte er nicht zur Reife, sondern verfaulte auf den aufgeweichten Feldern. Der gerodete Boden hatte keinen Halt mehr und rutschte samt der Frucht zu Tal, und unten im Dorf schwoll der kleine Bergbach zu einem reißenden Strom an, der die frisch gepflanzte Palmenallee mit sich riß und die Häuser unter Wasser setzte. Ein Jahr nach ihrer Ankunft waren die Kolonisten so weit wie am ersten Tag. Die Verzweiflung war groß. Die meisten zogen nach Rio de Janeiro, um das Ende der Regenzeit abzuwarten und im April oder Mai – vielleicht – zurückzukehren. Die Zurückgebliebenen langweilten sich und kurierten ihr Heimweh mit Wein und Schnaps. Nachts krachten im Dorf Gewehrschüsse, es gab Aufruhr, blutige Köpfe, Vergewaltigungen, Messerstechereien.

In dieser Lage ritt Pfarrer Joye nach Rio de Janeiro, um von König Joao IV. Hilfe zu erbitten. Aber unglücklicherweise hatte der keine Zeit für seine Schweizer Schützlinge, denn im Mutterland Portugal war eine bürgerliche Revolte ausgebrochen. Am 26. April 1821 schiffte sich die königliche Familie in Begleitung von dreitausend Hofleuten nach Europa ein, um den Thron zu retten – die Kolonie hatte ihren Schutzherrn verloren.

Den Schweizern war nun klar, daß sich ihre Träume in Nova Friburgo nicht erfüllen würden. Das Land, das der König ihnen gegeben hatte, war zwar geeignet zur Subsistenzwirtschaft mit Mais, Bohnen und Kartoffeln – aber die Siedler waren nicht über den Atlantik gefahren, um als Selbstversorger im Dschungel zu enden. Was sie sich erträumt hatten, waren kilometerweite Ländereien, auf denen Heere von Knechten und Sklaven Kaffee anpflanzten, der auf dem Weltmarkt mit Gold aufgewogen wurde.

Trotzdem kehrten im Mai 1821 ein paar Unentwegte zurück auf die Felder bei Nova Friburgo – und wurden im Oktober mit einer ansehnlichen Ernte belohnt. Die allermeisten aber zogen in die Stadt, um sich irgendwie durchzuschlagen, und verschwanden für immer. Der Uhrendieb Louis Hildebrand beispielsweise musterte zusammen mit seinem Bruder Jacques bei der Fremdenlegion an, worauf man nie wieder von ihm hörte. Auch die Spur ihrer Schwester Louise und ihrer Eltern verliert sich in der unendlichen Weite Brasiliens.

Den schnellsten Erfolg hatten ein paar Skrupellose, die ostwärts wanderten in tiefer gelegene, wärmere Wälder, in denen sich entlaufene Sklaven versteckt hielten und Kaffee anbauten. Die Schweizer vertrieben die Sklaven, übernahmen deren Plantagen und gelangten zu großem Reichtum.

Nova Friburgo selber befreite sich erst aus Schlamm und Dreck, als eine englische Gesellschaft 1872 die Eisenbahnlinie Rio de Janeiro-Nova Friburgo-Leopoldina eröffnete. Die Bahn führte die Erzeugnisse der Schweizer Siedler – Kaffee, Bohnen, Geflügel, Eier und Maniok – hinunter nach Rio de Janeiro, und auf der Rückfahrt brachte sie Touristen hinauf ins Gebirge, die sich im frischen Klima Nova Friburgos erholen wollten. Hübsche Hotels wurden gebaut und nette Spazierwege angelegt, und seither verdient Nova Friburgo mehr Geld mit dem Tourismus als mit der Landwirtschaft.

Heute hat die Stadt gut zweihunderttausend Einwohner. Es gibt ein Hotel »Grindelwald« und eine

»Auberge Suisse« und auch ein Fondue-Lokal namens »Allesgut«. Noch immer gibt es Nachfahren der Kolonisten von 1819, und noch immer tragen sie Namen wie Muller oder Tuler, Thuler und Thurler; nur die Ü-Pünktchen sind verlorengegangen über die letzten hundertachtzig Jahre, und beim einen oder anderen auch das H oder R. Viele sind heute Rechtsanwälte oder Ärzte oder Ingenieure; manche aber leben wie ihre Vorfahren in bitterer Armut und haben nicht die geringste Ahnung von ihrer Herkunft.

Insgesamt haben heute von den hundertsiebzig Millionen Brasilianern etwa fünfhunderttausend Schweizer Wurzeln. Ein Leimgruber ist Präsident der Zentralbank, ein Sardemberg (Sottemberg) Minister und Diplomat, eine Frossard landesweit bekannt als mutige Richterin und Parlamentarierin. Und die weltberühmte brasilianische Sopranistin Bidú Sayão (1902–1999) war eine Ururenkelin von Joseph Joset aus dem jurassischen Courfaivre.

Der Verrat von Novara

Als der Urner Bergbauer Rudi Turmann im Frühling 1503 heimwehgeplagt aus französischem Kriegsdienst nach Hause kam, schlug ihm der Scharfrichter mit dem Schwert den Kopf ab. Damit war der gute Ruf der Schweizer Söldner wiederhergestellt.

Viel weiß man nicht über Rudi Turmann. Wenn er nicht Krieg führte, war er zinspflichtiger Bergbauer irgendwo am Fuß des Gotthards, wo die Winter lang und hart sind und die Wiesen steil und mager. Wo sein Haus stand, ist unbekannt. Einen Garten und eine Kuh wird er wohl gehabt haben, dazu ein paar Ziegen und Hühner; vielleicht züchtete er auch Maultiere, die man verkaufen konnte an die Handelsreisenden, die mit deutschem Leinen und Schweizer Käse über den Gotthard zogen und wieder zurückkamen mit Seide, Leder, Gewürzen, Gläsern, Teppichen, Waffen und Wein. Wahrscheinlich war Turmann bitter arm, verheiratet und Vater mehrerer Kinder, mit denen er in der rauchgeschwärzten Küche Hafermus aß aus einer gemeinsamen Schüssel, und zwar morgens, mittags und abends, an jedem Tag des Jahres. Anzunehmen ist weiter, daß er weder lesen noch schreiben konnte, und daß er gottesfürchtig und ein braver Untertan der Urner Obrigkeit war.

Weshalb Turmann sich im September 1499 zum Söldnerdienst meldete, weiß man nicht. Gut möglich, daß er als erstgeborener Sohn den Hof geerbt hatte und daß er Geld brauchte, um den Geschwistern ihr Erbteil auszuzahlen. Vielleicht saß er auch nur zufällig in Altdorf im Gasthof, als der französische Werber mit seinen Golddukaten auftauchte, und vielleicht war er betrunken und hatte Lust auf Abenteuer und ferne Welten.

Ein prächtiger Anblick muß er gewesen sein, wie er als einer von zwölftausend Schweizern über den Gotthard wanderte, um für Frankreich das Herzogtum Mailand zu erobern: Zweifarbige Beinkleider und ein üppig verziertes Wams, das überall gepufft und geschlitzt war und mit bunten Bändern unterlegt; dazu schief auf dem Kopf ein Barett, um die Hüfte ein Dolch und ein kurzes Schwert.

Um 1500 waren die Schweizer, die fast zweihundert Jahre lang Krieg geführt hatten, die schrecklichsten und begehrtesten Krieger Europas. Das waren Männer, die man lieber auf weit entfernten Schlachtfeldern sah als zu Hause im heimatlichen Dorf; ihr Handwerk war der Krieg, etwas anderes hatten sie nicht gelernt. Schon im Alter von vierzehn Jahren waren viele erstmals ausgezogen, um für Geld fremde Schädel zu spalten, Gedärme zu durchbohren, zu vergewaltigen, Städte zu plündern, Dörfer in Brand zu stecken und Kornfelder niederzutrampeln. Sie hatten ferne Länder bereist und konnten sich im Leben keinen anderen Broterwerb vorstellen als Krieg und schnellen Reichtum mittels Plünderung.

War dann für ein paar Monate gerade kein Krieg, erwartete die Obrigkeit von ihnen, daß sie brav heimkehrten und bescheiden dienten als Bauernknechte oder Lehrlinge bei einem Hufschmied, einem Gerber oder Wagner. Das taten sie nicht. Aus allen Städten der Eidgenossenschaft sind Klagen der Handwerksmeister überliefert, daß die Burschen nicht arbeiten wollten, sondern ständig Raufhändel anfingen, den Bürgerstöchtern nachstiegen und vom Kriegsdienst träumten.

In der Fremde aber waren diese traumatisierten Halbstarken beliebt. Alle wollten Schweizer Söldner haben: der Kaiser und der König von Frankreich, der Herzog von Lothringen und jener von Mailand, der Doge von Venedig und der Papst, die Regentin von Savoyen, der König von Neapel – alle. »Kein Schweizer, kein Sieg«, hieß es an den Fürstenhäusern, und die Spötter antworteten: »Kein Geld, kein Schweizer«.

Rudi Turmann und die anderen zwölftausend Schweizer also hatten den Auftrag, für Frankreich die Lombardei zu erobern und Herzog Sforza zu stürzen. Nacheinander überfielen sie die mailändischen Städte Bellinzona, Locarno und Lugano, dann auch Como und schließlich Mailand selbst.

Man kann sich das Entsetzen der vornehmen Mailänder gar nicht groß genug vorstellen: Sie, die sich kleideten in chinesische Seide, ihre Speisen mit indischen Gewürzen zubereiteten und in fünfstöckigen, marmornen Palästen wohnten; sie, denen die Renaissance alle Kunst und Wissenschaft der Antike zurückgebracht hatte und die seit zwanzig Jahren Leonardo da Vinci als Hofmaler im Dienst hatten – die Mailänder mußten sich unterwerfen unter die Willkür blutrünstiger Bergler aus dem barbarischen Norden, die Sippenhaftung und Blutrache übten, keinerlei Hygiene kannten und keiner zivilisierten Sprache mächtig waren. Um die Mannhaftigkeit der Schweizer Söldner übrigens rankten sich schon bald die abenteuerlichsten Legenden. Verbürgt ist, daß nach geschlagener Schlacht die Apotheker übers Feld zogen und den gefallenen Schweizern die Wampe abschnitten, um aus dem Bauchfett ein Potenzmittel herzustellen, das man italienischen Männern für sehr, sehr teures Geld verkaufen konnte.

Nach einem Monat war der Feldzug vorbei. Rudi Turmann und die zwölftausend Schweizer hatten die Lombardei für die französische Krone in Besitz genommen. Ludwig Sforza, der stolze und verwöhnte Herzog von Mailand, mußte nach Tirol fliehen zu Kaiser Maximilian, seinem entfernten Cousin.

Die Franzosen hatten gewonnen. Eine Weile noch behielten sie ihre Schweizer, für die sie keine Verwendung mehr hatten, im Dienst. Der Herbst ging, der Winter kam. Die Söldner langweilten sich. Schlimmer als die Langeweile aber war, daß der Sold ausblieb – die Franzosen hatten kein Geld mehr. Das brachte Rudi Turmann und seine Kameraden in eine schlimme Lage: Mit leeren Taschen standen sie in einem fremden Land inmitten von feindseligen Menschen, es regnete und war kalt, die Heimat war weit weg, jenseits der tief verschneiten Alpenpässe. Besonders schlimm war, daß die französischen Kommandanten den Schweizern verboten hatten, die eroberten Städte nach alter Gewohnheit zu plündern.

Gegen Weihnachten löste sich das Söldnerheer auf. Die jungen Burschen krochen wohl irgendwo unter und warteten, daß irgendwer irgendwo ein neues Heer zusammenstelle. Die Älteren, die sich sorgten um ihre Frauen, ihre Kinder und ihr Vieh, zogen heimwärts, über den verschneiten Gotthard, den San Bernardino und den Großen Sankt Bernhard. Viele blieben im Schnee stecken und erfroren, manche schliefen während der Rast ein und wachten nicht mehr auf, und andere gerieten in Lawinen.

Rudi Turmann wird wohl um Silvester 1500 zu Hause angekommen sein – aber dann trieb es ihn, kaum dem Schnee und der Kälte entkommen, nach wenigen Tagen erneut fort. Denn Anfang Januar war schon wieder ein Fremder in Altdorf, um Söldner zu werben. Diesmal war es kein Franzose, sondern ein Werber des Herzogs von Mailand – des Sforza also, den die Schweizer eben erst geschlagen hatten. Der Sforza hatte Wind davon bekommen, daß die Schweizer

Krieger, deren Tüchtigkeit er am eigenen Leib erfahren hatte, einen Arbeitgeber suchten.

Rudi Turmann und die anderen Schweizer hatten keine Bedenken, beim Herzog anzuwerben. Der Feldzug für Frankreich gegen Mailand war ein Auftrag gewesen – gut; jetzt stand ein neuer Feldzug bevor, bei dem es zufällig mit dem ehemaligen Feind gegen den ehemaligen Brotgeber ging – auch gut. Wichtig war, daß der neue Kriegsherr reichlich und im voraus bezahlte und daß er für die gefährliche Alpenüberquerung doppelten Sold bot. In wenigen Tagen hatte sich ein Heer von fünfzehntausend Schweizern formiert.

Als Sforza Ende Januar gegen Mailand zog, flohen die Franzosen in heller Aufregung über die sumpfigneblige Po-Ebene. Ohne ihre Schweizer hatten sie keinerlei Aussicht, die Lombardei gegen dieselben zu verteidigen. Am 5. Februar 1500 zog Sforza als strahlender Sieger unter dem Jubel des Volkes in Mailand ein, getragen von denselben Söldnern, die ihn drei Monate zuvor aus der Stadt gejagt hatten.

Leider aber erschöpfte sich seine Kriegskasse am Tag des Triumphs. Das war schlecht, denn Rudi Turmann und die anderen Schweizer hatten vor den Toren der Stadt ihre Zelte aufgeschlagen und warteten auf den nächsten Lohn. Um sie zu bezahlen, machte sich Sforza beim eigenen Volk unbeliebt, indem er den Schatz des Mailänder Doms plünderte und Gold und Silber von den Bürgern der Stadt erpreßte. Die

Bürger verstanden erst nicht, wieso sie diese rülpsenden und prügelnden Schweizer auch noch bezahlen sollten; als Sforza ihnen aber erklärte, daß man die Söldner mit schönen Worten allein unmöglich würde vom Plündern abhalten können, hatten sie ein Einsehen und öffneten ihre Schatullen.

Während Rudi Turmann die Dukaten in seinem Lederbeutel verstaute, bereiteten die Franzosen ihren Gegenschlag vor. Dazu brauchten sie – Schweizer Söldner. Jetzt schickte König Ludwig XII. seinerseits seinen Werber, den Vogt von Dijon, nach Luzern, um mindestens achttausend Söldner anzuheuern; es wurden fünfzehntausend, und zwar im Handumdrehen.

Nun hatten beide Seiten ein Schweizer Heer – König Ludwig genauso wie Herzog Sforza. Insgesamt standen sich mehr als dreißigtausend Schweizer in Norditalien gegenüber – das war etwa ein Fünftel aller erwachsenen männlichen Eidgenossen. Falls die aufeinander losgingen, würden Brüder gegen Brüder kämpfen und Väter gegen Söhne, und in jedem Fall würde der Bund der Eidgenossen auseinanderbrechen. Das machte auch der Obrigkeit zu Hause in Zürich, Bern und Luzern Sorgen. Am 31. März 1500 beschloß die Tagsatzung zu Luzern, »sofort dem König und dem Herzog und den Knechten auf beiden Seiten zu schreiben, letzteren, dass sie stillstehen und sich in kein Gefecht mit einander einlassen sollen«. Falls kein Friede zustande komme, sollten die Schweizer beider Seiten gemeinsam abziehen und heimkehren, oder sich zusammen auf eine Seite schlagen. Allerdings mochte sich die Tagsatzung nicht festlegen, auf welche Seite sich die Landsknechte denn schlagen sollten; denn beide Kriegsparteien waren langjährige Geschäftspartner, mit denen man es ungern verderben wollte.

Am 4. April trafen die Heere in Novara, der schönen und reichen Bischofsstadt, aufeinander. Die Schweizer Sforzas hatten sich hinter den Stadtmauern verschanzt, jene König Ludwigs XII. belagerten sie. Ob Rudi Turmann zu den Belagerten oder den Belagerern gehörte, weiß man nicht, denn jetzt ging es drunter und drüber. Die Franzosen wollten die Stadt stürmen – aber deren Schweizer weigerten sich, gegen ihre Landsleute zu kämpfen; hinter den Stadtmauern flehte Herzog Sforza seine Schweizer an, mit ihm einen Ausfall zu versuchen, um die Linien der Belagerer zu durchbrechen. Aber auch sie wollten nicht gegen ihre Landsleute kämpfen. Es ist überliefert, daß Ammann Zellweger von Appenzell dem Fürsten zur Antwort gab: »Unser Land ist uns ebenso lieb, wie Euch das Euere; schlagen wir unsere Brüder, so dürfen wir nicht, schlagen sie uns, so können wir nicht mehr heim.«

So ging das über Tage. Die Schweizer verhandelten untereinander, über die Köpfe ihrer Brotgeber hinweg. Mal traf man sich außerhalb der Stadt im Lager der französischen Schweizer, mal hinter den Stadtmauern im Lager der mailändischen. In der

Nacht vom 8. auf den 9. April 1500 schließlich kamen sie überein, daß die mailändischen Schweizer frei abziehen dürften und daß sie den Herzog an den Franzosen vorbeischmuggeln sollten.

Am nächsten Morgen ging das Stadttor auf, und die mailändischen Schweizer zogen in einer endlosen Zweierkolonne aufs freie Feld, durch ein Spalier von französischen Hauptleuten hindurch. Die Franzosen hatten sich unterdessen mit dem Ungehorsam ihrer Schweizer abgefunden. Was sie aber nicht zulassen konnten war, daß Sforza, ihrem Erzfeind, die Flucht gelang. In jedem Schweizer Gesicht fahndeten sie nach den Zügen des Herzogs, jeder wurde angesprochen und mußte beweisen, daß er Deutsch und nicht Italienisch sprach.

Schon hatten achttausend Mann die Gasse passiert, und noch immer war Sforza nicht aufgetaucht. Da schickte der französische Feldherr La Tremouille einen Unterhändler zu den mailändischen Schweizern, worauf sich laut übereinstimmenden Berichten folgendes Gespräch entspann.

»Nu gend uns den Herzogen usher, oder ir müsset all sterben!«

»Das wellt Gott nit!«

»Es wäre wäger, ir gäbit den Herzogen hinus, dann söllt ir hundert Knecht verlieren.«

»Es wäre doch wäger, wir käment halbs umb, dann dass wir also schandtlich sollten leben und den Herzogen hinusgeben.«

Da ließ La Tremouille Kanonen auffahren, laden und gegen die mailändischen Schweizer richten. Als die französischen Schweizer das sahen, stellten sie sich vor die Kanonen und erklärten La Tremouille, daß er es auch mit ihnen zu tun bekomme – »et qu ilz luy donneroient sur queuhe.«

Es folgten allerhand Gebrüll und kleinere Prügeleien, man lief nach links und rechts und auseinander und wieder zusammen, und auf einmal wußte niemand mehr, wo Sforza sich versteckt hielt – weder die französischen noch die mailändischen Schweizer, und die Franzosen erst recht nicht. Die französischen Hauptleute suchten und suchten, gaben dann auf und standen ratlos vor den mailändischen Schweizern, die sich drohend in Schlachtformation aufgestellt hatten.

Einer aber hatte anscheinend gut aufgepaßt: Rudi Turmann, gewöhnlicher Landsknecht und Bergbauer aus Uri. Für ihn war augenfällig, daß jener lange, hagere Söldner in der hintersten Reihe der mailändischen Truppen ein gänzlich andersartiger Mann war als die bulligen Fußsoldaten links und rechts von ihm; wenn man genau hinsah, mußte man doch sehen, daß er die Pike falsch in der Hand hielt, daß sein Haar nicht soldatisch kurz geschoren, sondern aristokratisch lang war und daß er die Locken unter dem Barett versteckt hatte.

Vielleicht hatte Turmann sogar Mitleid mit dem einst so mächtigen Mann, der sich jetzt jämmerlich vor seinen Feinden versteckte; aber zu Treue fühlte er sich nicht verpflichtet. Wieso auch? Erst hatte man ihm Geld gegeben, damit er gegen Sforza kämpfte; dann hatte man ihm Geld gegeben, damit er für ihn kämpfte. Weshalb sollte er nicht heute wiederum gegen Sforza sein und morgen vielleicht aufs neue für ihn? Warum Mailand und Frankreich überhaupt im Krieg miteinander standen, wußte er nicht, und es war ihm egal. Eines war jedenfalls sicher: Von diesem hilflosen, verkleideten Mann in der hintersten Reihe war in absehbarer Zeit kein Geld zu erwarten.

Da sah Turmann, daß bei den französischen Hauptleuten der Vogt von Dijon stand – der Mann, der ihn im Herbst in Altdorf für Frankreich angeworben hatte. Der konnte Deutsch, das wußte Turmann. Er nahm allen Mut zusammen und trat zu ihm hin.

»Wieviel gebit ihr mir für den Herzog?«

»Hundert Kronen«, antwortete der Vogt. Das entsprach immerhin dreißig Monatslöhnen eines Söldners.

»Ich will zweihundert«, erwiderte Turmann.

Der Vogt erklärte sich auch damit einverstanden und zählte Turmann die zweihundert Münzen auf die Hand. Später sagte er, »hette der Turmann im auch zweitausend anghöischt, so wellte er im die geben haben«.

Im Gegenzug führte ihn Turmann in die hintersten Reihen der mailändischen Schweizer. Der Vogt nahm dem Herzog das Barett vom Kopf, und das Haar fiel ihm verräterisch in langen, schwarzen Locken auf die Schultern.

Herzog Sforza verbrachte die letzten acht Jahre seines Lebens in französischer Gefangenschaft an der Loire auf Schloß Loches in einem dunklen, feuchten Verlies. Der Mailänder, der einer der verwöhntesten Menschen der damaligen Welt gewesen war, Mittelpunkt eines der glanzvollsten Höfe Europas, persönlicher Freund Leonardo da Vincis und Gönner zahlloser Künstler – er ließ sich Farben und Pinsel bringen, um eigenhändig die öden Wände seines Kerkers zu verschönern. Seine Werke – ein ungelenkes Selbstbildnis, Landschaften und ein paar holperige Gedichte – sind bis auf den heutigen Tag erhalten. Herzog Sforza starb auf Schloß Loches am 17. Mai 1508, nach acht Jahren gnadenloser Haft.

Der Verrat von Novara sprach sich in ganz Europa herum. Von Sizilien bis nach Dänemark und von Paris bis nach Warschau erzählte man sich, wie die geldgierigen, käuflichen und ehrlosen Schweizer dem Herzog die Treue gebrochen und ihn skrupellos verschachert hatten. Die »swäre böse Nachred« drohte dem Ansehen der Eidgenossenschaft nachhaltig zu schaden, und so beschloß die Tagsatzung zu handeln.

Als die Söldner aus Novara heimkehrten, ließ die Obrigkeit ein paar Hauptleute verhaften und unter Folter peinlich befragen. Dabei kam nicht viel heraus – eigentlich nur, daß es der Turmann aus dem Urnerland gewesen war, der den Herzog an die Franzosen verraten hatte. Wo der Verräter steckte, wußte man nicht – außer, daß er bei den Franzosen geblieben war und daß er dort »lieb und wert sey«.

Als drei Jahre später, im Frühling 1503, in den Bergen der Schnee schmolz, glaubte Rudi Turmann, daß Gras über die Sache gewachsen sei und er endlich heimkehren könne. Kaum aber hatte er Urner Boden betreten, wurde er festgenommen und in Haft gesetzt. Am nächsten Morgen führte ihn der Scharfrichter hinauf zum Schächenwald ob Altdorf und schlug ihm mit dem Zweihänder den Kopf vom Leib.

Goldrausch in Solothurn

Am 15. April 1862 schrieb im »Solothurner Tagblatt« ein anonymer Reporter begeistert: »Wer sich ein Bild von einer kalifornischen Goldmine machen will, begebe sich nach Bellach ins sogenannte ›Geissloch‹. Herr Franz Kaufmann in Solothurn, der bekanntlich einen bedeutenden Goldklumpen in Kalifornien geholt, lässt seit einigen Tagen an genannter Stelle nach Gold graben, und zwar ganz nach kalifornischer Manier. Die seitherigen Resultate sind derart, dass den Arbeitern ein gehöriger Taglohn bezahlt werden kann. Das Gold erscheint in Plättchen von verschiedenen Dimensionen; die größten kommen einer Quadratlinie gleich (1 Linie = 3 Millimeter). Es ist nur schade, dass das Terrain vermöge seiner Lage die Vorrichtungen zur Wasserleitung ziemlich erschwert, was auf die Rentabilität der Ausbeute jedenfalls nachteilig wirkt.«

Das Terrain ist bis auf den heutigen Tag ein lauschiges kleines Tal am Fuß des Jura, vielleicht zwei Kilometer entfernt von den mittelalterlichen Stadttoren Solothurns. Am Sonnenhang weidet Simmentaler Fleckvieh, auf der schattigen Seite steht ein Buchenwald, und mittendurch schlängelt sich kristallklar der Busletenbach. Daß das Rinnsal Gold mit sich führt, würde man gerne glauben – aber es gelingt einem nicht so recht. Denn der Jura, dem er entspringt, ist ein uraltes Kalksteingebirge, in dem noch nie ein Gramm Gold gefunden wurde.

Obwohl… ganz ausschließen kann man es nicht. Denn der Busletenbach durchschneidet im Geissloch die Seitenmoräne des Rhonegletschers – Geröll, das der Gletscher während der letzten Eiszeit aus dem Wallis mitbrachte. In den Walliser Alpen, das ist bekannt, gibt es Gold – nicht gerade viel, eher verschwindend wenig; aber denkbar wäre immerhin, daß mit dem Gletscher vor anderthalb Millionen Jahren ein paar Brocken goldhaltigen Gesteins an den Rand des Jura gerieten und daß sie ausgerechnet dort liegenblieben, wo später das Heimatdorf des glücklichen Franz Kaufmann stehen sollte. Die Geologen nennen das eine diluviale Goldseife.

Eines aber ist sicher: Wenn Kaufmann tatsächlich der erfahrene Goldgräber war, für den der Reporter des Tagblatts ihn hielt, so konnte er eine Goldader von einer Seife unterscheiden. Dann mußte ihm auf den ersten Blick klar gewesen sein, daß sich ein Abbau niemals lohnen würde.

Weshalb also hat er Pickel und Schaufeln, Siebe, Kessel und Waschpfannen gekauft und ins Geissloch geschleppt? Was hat ihn getrieben, gegen alle wirtschaftliche Vernunft Waschtische zimmern zu lassen, mehrere Arbeiter einzustellen und ihnen jeden Abend »gehörigen Taglohn« zu bezahlen?

Leider erwähnt das Tagblatt nicht, in welchem Jahr Kaufmann seinen Goldklumpen in Kalifornien holte. Man darf annehmen, daß er nicht vor dem 16. Januar 1848 reiste – das war der Tag, an dem am Ufer des Sacramento ein Sägereiarbeiter in einem Abflußrohr das erste Nugget entdeckte, die Sache nicht für sich behalten konnte und den kalifornischen Goldrausch auslöste. Annehmen darf man weiter, daß Kaufmann vor der Reise sich einen Paß besorgte. Blättert man nun aber im dicken Buch der Paßanträge, das im Staatsarchiv verwahrt wird, so stößt man auf allerlei reiselustige Solothurner: auf den mutigen Bundesratssohn Werner Munzinger etwa, der 1852 auszog, um die Sklaverei in Afrika abzuschaffen; auf den Eisenbahnpionier Nikolaus Riggenbach, der in Amerika eine Zahnradbahn sah und diese nach der Heimkehr 1862 als seine Erfindung patentieren ließ; ebenso auf zahllose Nützis und Hänggis und Friedlis, die als Reiseziel Amerika angaben und nicht mehr zurückkehrten – aber ein Franz Kaufmann hat sich niemals auf dem Solothurner Paßbüro gemeldet, weder 1848 noch in den zwanzig Jahren danach.

Damit ist nun freilich nicht etwa bewiesen, daß Kaufmann ein Schwindler gewesen wäre, der Kalifornien nie gesehen hat. Denn zu seiner Zeit war es zwar umständlich und mühselig, ohne Papiere nach Amerika zu reisen, aber es war nicht unmöglich. Ebensowenig kann man ihm anlasten, daß der Zeitungsreporter von einem »bedeutenden Goldklumpen« sprach, wo doch auch am Sacramento das Gold nicht klumpenweise zum Abholen bereitlag, sondern mühsam gewaschen werden mußte.

Ein paar Dinge immerhin sind gewiß: erstens, daß Franz Kaufmann im Geissloch mit Goldwäscherutensilien hantierte; zweitens, daß er seine Arbeiter in Gold bezahlte; und drittens, daß er dem Reporter vom Tagblatt ein paar Goldplättchen unter die Nase gehalten hat. Aber schon dessen Beschreibung der Plättchen – neun Quadratmillimeter Größe – macht aufs neue mißtrauisch. Denn Nuggets von diesen Ausmaßen fand man zwar haufenweise in Kalifornien oder Alaska, in der Schweiz aber nur eines alle hundert Jahre.

Entweder hat also Franz Kaufmann im Geissloch ganz unerhörtes Glück gehabt – oder er hat sein eigenes kalifornisches Gold ausgestreut, um es eigenhändig wiederzufinden.

Im Geissloch steht jenseits der sonnenseitigen Kuhweide, einen Steinwurf vom Busletenbach entfernt, das Landgut Staalenhof – ein hübsches kleines Herrenhaus mit zwei schmucken Türmchen, den Waldrand im Rücken, Kuhweiden links und rechts, und einem hablichen Bauernhof zu Füßen. Das Gut war 1845 durch Erbschaft und Heirat in den Besitz der Familie Tugginer gelangt, eines alten und reichen Solothurner Patriziergeschlechts. Zu jener Zeit war ihr jüngster und herausragendster Sproß der einunddreißigjährige Arthur, weitherum berühmt als großer Säufer und Hurenbock vor dem Herrn, ein übler Krakeeler und Verschwender, der sein junges Leben darauf verwendet hatte, das jahrhundertealte Familienvermögen durchzubringen.

In seiner Jugend war Arthur ein kluger und anstelliger Bursche gewesen und hatte zu schönen Hoffnungen Anlaß gegeben; dies umso mehr, als seine fünf älteren Geschwister alle schwachsinnig, taubstumm oder in fremden Kriegsdiensten waren. Im Frühling 1851 hatte der Vater seinen Jüngsten zur Weltausstellung nach London mitgenommen, um ihn auf das Geschäftsleben vorzubereiten. Und da der junge Arthur sich, im Gegensatz zu Franz Kaufmann, mit Reisepapieren ausstattete, kann man im Paßbüro bis auf den heutigen Tag nachlesen, wie er aussah.

Größe: 5 Solothurner Fuß und 8 Zoll (= 162,5 Zentimeter); Haare: braun; Stirn: mittel; Augenbrauen: braun; Augen: grau; Nase: mittel; Mund: mittel; Kinn: rund; Gesicht: länglich. Besondere Kennzeichen: keine; Reiseziel: London.

Zweiundzwanzig Tage blieben Vater und Sohn in London, und zehn Tage in Paris. Aber trotz der schönen Reise ist aus Arthurs Karriere nichts geworden. Nach der Heimkehr zog er für zwei Jahre nach Genf – angeblich, um Französisch zu lernen. Nach Solothurn heimgekehrt, nahm er Anstellungen an im Büro der väterlichen Ziegelhütte, dann bei der Solothurnischen Dampfschiffahrtsgesellschaft und schließlich als Nachfolger des Vaters als Zement- und Ziegelfabrikant. Aber zu seinem Kummer deckte der Ertrag seiner Arbeitstage nie die Auslagen seiner Nächte, was ihm das Erwerbsleben innert weniger Jahre gänzlich verleidete.

Als nun im Geissloch unter Arthur Tugginers entzündeten Augen eine kalifornische Goldmine entstand, mußte das sein Interesse erregen. Man kann sich vorstellen, daß er an einem Aprilmorgen nach durchzechter Nacht aus der Stadt ritt, um sich im Staalenhof zur Ruhe zu begeben; daß er in der ländlichen Stille den Lärm von Pickeln und Schaufeln vernahm; daß das seine Neugier weckte und daß er einen kleinen Umweg übers Geissloch machte, abstieg und diesen Franz Kaufmann leutselig in ein Gespräch verwickelte. Worauf die Dinge ihren Lauf nahmen.

Arthur Tugginer war einer der letzten seines Geschlechts. Ursprünglich Kleinbauern aus Tuggen im Kanton Schwyz, waren die Tugginer im späten 14. Jahrhundert nach Zürich ausgewandert, um mehrere Generationen lang klein und bescheiden als Bäcker zu leben – bis am 29. Juni 1526 der große Wilhelm Tugginer, der Stammvater der solothurnischen Tugginer, zur Welt kam.

Wilhelm hielt es nicht lange in der Enge des mittelalterlichen Zürich. Mit achtzehn Jahren kämpfte er als Söldner für Frankreich in Oberitalien, zeichnete sich aus durch Tapferkeit, Klugheit und Treue und häufte in einem langen Kriegerleben ein derart großes Vermögen an, daß seine Nachfahren dreihundert Jahre lang davon zehren sollten bis in die Tage des unseligen Arthur. Zum Umzug der Familie von Zürich nach Solothurn kam es 1559, als der Zürcher Reformator Ulrich Zwingli das Söldnerwesen verbot, worauf das katholische und franzosenfreundliche Solothurn dem reichen Hauptmann Tugginer bereitwillig das Bürgerrecht schenkte. In den folgenden Jahren stieg Wilhelm Tugginer in den Adelsstand auf und wurde von König Henri IV. zum Ritter geschlagen, und als er 1592 starb, gehörte sein Geschlecht dem erblichen Solothurner Adel an, bestimmte die Geschicke des Staates mit und mehrte seinen Reichtum zweihundert Jahre lang, indem es seine weitläufigen Ländereien verwaltete.

Leider hatte die Herrlichkeit 1798 ein Ende, als die Französische Revolution mit neunjährigem Verzug doch noch über die morsche alte Eidgenossenschaft hereinbrach. Napoleon Bonaparte verfügte ein allgemeines Stimm- und Wahlrecht, führte die Handels- und Gewerbefreiheit ein und erklärte die Privilegien der Aristokratie für null und nichtig. Das war bitter für die Tugginer, die sich erstmals gezwungen sahen, ihren Lebensunterhalt buchstäblich selbst zu verdienen. Die klügsten und energischsten unter den ehemaligen Grandseigneurs versuchten sich als Juristen, Architekten oder – ein letztes Mal – als Offiziere in fremden Diensten. Weniger Glück hatten sie als Kaufleute, Fabrikanten und Verwalter. Und keiner war tüchtig genug, um der Familie in Konkurrenz zum erstarkten Bürgertum das gewohnte Herrenleben zu erhalten. Ein Schloß ums andere mußte aufgegeben, ein Landgut ums andere verkauft, eine Stadtwohnung nach der anderen an den Meistbietenden veräußert werden. Hinzu kam, daß es von Generation zu Generation immer mehr Fälle von körperlicher Behinderung, Wahnsinn, Schwachsinn oder allgemeiner Lebensuntauglichkeit gab. Um wenigstens im Namen eine Erinnerung an vergangene Größe zu behalten, nannten sich viele Tugginer ab Mitte des 19. Jahrhunderts »Von Tugginer«, einige gar »Von Tugginer-Wartenfels«.

Standesdünkel aber scheint eines der wenigen Laster gewesen zu sein, die Arthur Tugginer nicht hatte. Sein ältester Bruder Eduard, der es immerhin zum Hauptmann im Dienste König Ferdinands II. von Neapel gebracht hatte, schrieb über ihn: »Leider war Arthur ein leichtes, unerfahrenes Subjekt und besuchte eine Gesellschaft, in der weder die Moral noch die Ordnungsliebe gepredigt werden konnten, und die nur zu oft aus dem Tag die Nacht und aus der Nacht den Tag machte.«

Worüber Tugginer und Kaufmann an jenem Aprilmorgen im Geissloch gesprochen haben, läßt sich nicht sagen. Man kann aber annehmen, daß der Goldschürfer dem Adligen seine Goldplättchen unter die Nase hielt und daß der begeistert war. Vermutlich hat Kaufmann eine Flasche Wein gezückt, die er eigens zu diesem Zweck bereitgehalten hatte, worauf Tugginer seinen Kater in ein Damenräuschchen verwandelte. Und dann haben sich die zwei Männer wohl ins Gras gesetzt, um über die Zukunft zu reden.

Allem Anschein nach haben sie sich in den wichtigen Punkten rasch verständigt. Augenscheinlich war erstens, daß aus dem Jura unermeßliche Schätze quollen; zweitens, daß Kaufmann das Handwerk beherrschte, diese zu bergen; und drittens, daß im Familienvermögen der Tugginer die Mittel bereitlagen, um die Sache im großen Stil anzugehen.

Ob und auf welche Weise die beiden sich einigten, weiß man nicht. Aktenkundig ist aber, daß die Regierung des Kantons Solothurn Franz Kaufmann am 3. Mai 1862 eine Konzession zum Goldschürfen in Bellach erteilte, was den vier Kilometer langen Lauf des Busletenbachs von der Quelle bis zur Mündung in die Aare einschloß. Und am gleichen Tag erteilte sie Arthur Tugginer die Bewilligung, im Umkreis von zwanzig Kilometern nach »Metallen und Salz« zu suchen – unter Ausschluß der Gemeinde Bellach, für die die Rechte bereits bei Kaufmann lagen. Falls Tugginer innert eines Jahres fündig würde, sollte er wie Kaufmann eine Konzession einholen.

Um es kurz zu machen: Arthur Tugginer wurde nicht fündig. Er hat nie eine Konzession eingeholt.

Wie viele Tage er knietief im Wasser stand und Sand wusch und wusch und wusch, wie oft er jubelnd aufschrie beim Anblick eines glitzernden Plättchens in der Pfanne und wie oft er in Verzweiflung verfiel, weil es kein Gold war, sondern wertloser Quarzglimmer – das weiß man nicht. Anzunehmen ist, daß er nicht allein arbeitete, sondern fünf, zehn oder fünfzig Männer eingestellt hatte. Und wenig erstaunlich wäre es auch, wenn Franz Kaufmann sich vom goldgierigen Aristokraten auf diese oder jene oder andere Weise fürstlich hätte bezahlen lassen.

Sicher ist eins: Franz Kaufmann hat das Goldwaschen im Geissloch bald wieder aufgegeben – vielleicht noch im Monat Mai, spätestens aber im Juni. Genau weiß man es nicht, da der Reporter des Tagblatts über den Abbruch der kalifornischen Goldmine kein Wort verloren hat. Überhaupt scheint es, daß die Enttäuschung im Zeitungsmann eine tiefe Abneigung gegen die Goldwäscherei weckte. Als Anfang Juli fünfzehn Kilometer weiter nordöstlich erneut das Goldfieber ausbrach – diesmal in einem idyllisch menschenleeren Jura-Tal mit dem schönen Namen Goldenthal (heute: Guldental) – machte sich der enttäuschte Enthusiasmus des Reporters in schlecht versteckter Häme Luft.

In der Ausgabe vom 12. Juli schrieb er, »dass Gold im Goldenthal zwei Herren herbeigezogen hat, den einen von Zürich, den anderen von Basel, welche da gegraben, geschaufelt, gewaschen, ein Kistlein mit dem geputzten Material gefüllt und zur Untersuchung nach Zürich spediert. Der zurückgekommene Bericht soll günstig gelautet haben; denn es wurde sogleich ein Faß Wein und anderes Proviant ins Goldenthal abgeführt, eine Hütte erbaut und die Arbeiten in verstärktem Maße betrieben. – Wir werden dieser Goldwäscherei unsere Aufmerksamkeit schenken und über den Fortgang sobald berichten, als uns auch etwelches Goldkörnlein zu Gesicht gekommen ist.« Man darf annehmen, daß niemandem je ein Goldenthaler Goldkörnlein zu Gesicht kam. Das Tagblatt hat jedenfalls kein Wort über den Fortgang berichtet, und die zwei Herren haben nie eine Schürfkonzession beantragt.

Wieviel Geld Arthur Tugginer als Schatzsucher verloren hat, weiß man nicht – auch nicht, wieviel Gewinn Franz Kaufmann im Geissloch machte, auf welche Weise auch immer. Während der weitere Lebensweg Kaufmanns sich im Dunkel der Geschichte verliert, sind Arthur Tugginers letzte Jahre bekannt. Er übernahm nach dem Tod des Vaters 1865 die Familiengeschäfte und versoff und verhurte das ganze Vermögen binnen fünf Jahren. Er nahm Anleihen auf ohne Wissen der Familie, belastete Güter und Schlösser mit Hypotheken, ließ eine Glashütte bauen, die nur Geld verschlang und nie welches abwarf, belehnte sogar das Tafelsilber, zog sich 1869 eine Brustfellentzündung zu und 1870 die Lungenschwindsucht, an der er am 11. Mai 1871 starb, kurz vor seinem vierzigsten Geburtstag und kinderlos wie all seine Brüder und Schwestern.

Im gleichen Jahr wurde der Konkurs über das stolze Adelsgeschlecht verhängt. Völlig mittellos lebten Arthurs Geschwister ihre letzten Jahre auf Kosten des Armenfonds der Bürgergemeinde in Häusern, die ihnen nicht mehr gehörten, mit Menschen, die ihnen nicht mehr gehorchten.

Ein Neffe Arthur Tugginers mit Namen Alfred wanderte 1874 nach Argentinien aus, erwarb eine Farm und zog gewaltige Rinder- und Pferdeherden auf. Aber dann erreichte der Siegeszug der bürgerlichen Revolution, welche die Tugginer schon in Solothurn entmachtet hatte, auch das feudale Argentinien, worauf Alfred alles verlor und sich nach Nueva Helvecia, eine Schweizer Kolonie in Uruguay, zurückzog, wo seine Ur-, Urur- und Urururenkel bis auf den heutigen Tag leben.

In Solothurn ist das Geschlecht der Tugginer ausgestorben, aber das Goldfieber flackert immer wieder auf. 1931 schwor ein Wünschelrutengänger im Bauerndorf Kestenholz, zwanzig Kilometer östlich vom Geissloch, daß sich in einem Hügel westlich des Dorfs Gold finde, worauf ein paar mutige Burschen zu graben anfingen. Sie gruben mit Schaufeln und Pickeln, sie gruben und gruben und gaben erst auf, als ihr Loch immerhin fast halb so tief war wie der

Kestenholzer Kirchturm hoch, nämlich fünfzehn Meter.

Wie man hört, durfte sich der Wünschelrutengänger im Dorf nicht mehr blicken lassen. Vielleicht aber wurde ihm unrecht getan und hat er den kalifornischen Goldgräber Franz Kaufmann unwissentlich rehabilitiert: Denn die Stelle, die er den Dörflern gewiesen hat, liegt – auf der Endmoräne des Rhonegletschers.

Eingedenk all dieser Umstände wollte es der Autor dieser Zeilen selber wissen. Am 19. August 2002 machte er sich auf ins Geissloch, und zwar in Begleitung eines alten Freundes, der ein erfahrener Goldgräber ist und der über die Jahre im Wallis, im Napfgebiet und in Graubünden bestimmt schon drei Gramm Gold gefunden hat, was fast dem Geldwert seiner Goldwäscherausrüstung entspricht. Einen Nachmittag lang gruben die beiden und wuschen, was das Zeug hielt. Das Wasser war kalt, der Sand schwer, der Rücken schmerzte. Es kamen vorbei: Zwei Füchse, ein Reh, drei herrenlose Hunde sowie sieben in Begleitung von Menschen. Alle lächelten mild und schüttelten im Weggehen den Kopf. Im Wasser gab es Schlick und Sand, weißen Kalkstein, eine erstaunliche Anzahl kleiner Flußkrebse, und zwei Feuersalamander. Bei Sonnenuntergang stellten die Schatzsucher die Arbeit ein. Die Ausbeute an Gold war – null.

Géo Chavez – Der erste Mensch über den Alpen

Das ist die Geschichte des Millionärssohns und Himmelstürmers Jorge Chavez, der im September 1910 als erster Mensch die Alpen überflog, weil er etwas Wichtiges und Großes vollbringen wollte im Leben. Er war 23 Jahre alt. Seine Freunde nannten ihn Géo, und Freunde hatte er viele, denn er war reich und jung und ein erfolgreicher Sportler. Aufgewachsen war er in Paris als Kind peruanischer Einwanderer, die 1884 vor dem peruanisch-chilenischen Krieg geflohen waren. Vom Vater Manuel Gaspar hatte Géo die schwarzen Augen sowie Anteilsscheine von Banken in Lima und Paris geerbt; von der Mutter Maria Rosa das blonde Haar und einen Hang zum Tiefsinn. Bei einer Prügelei oder einem Autounfall hatte er seine zwei oberen Schneidezähne verloren, was seinem Lächeln etwas gleichermaßen Bubenhaftes wie Diabolisches gab.

Im Paris der Jahrhundertwende hatte Géo Chavez alles genossen, was die Belle Époque zu bieten hatte. Er hatte den jungen Picasso gesehen und die alten Impressionisten. Er hatte Émile Zola getroffen und Sarah Bernhardt gehört und war in der Uraufführung von Camille Saint-Saëns »Les barbares« in der Grand Opéra gewesen. Er hatte sich von Austern und Champagner ernährt, hatte hundert Frauen geliebt, war Stammspieler beim berühmten Fußballklub Racing Paris, darüber hinaus ein draufgängerischer Autorennfahrer und Rennläufer – und er war es leid, seine Jugend an hohles Vergnügen zu verschwenden. »Je n'aime pas vivre la vie bête des snobs à Paris«, sagte er einem Zeitungsreporter. »Il faut que je fasse quelque chose.«

Da geschah es eines Morgens Anfang Februar 1910, als er im Bois de Boulogne sein tägliches Lauftraining absolvierte, daß ein Doppeldecker-Flugzeug dicht über ihn hinwegknatterte. Géo Chavez blieb stehen, schaute ihm nach – und faßte einen Entschluß. Noch am selben Tag trat er in die Flugschule von Henri Farman in Mourmelon-le-Grand ein. Am 14. Februar feierte er seinen Jungfernflug. Drei Tage später flog er sein erstes Flugzeug zu Bruch. Und nochmal eine Woche später war er stolzer Besitzer eines Pilotenscheins. Géo Chavez' Brevet, ausgestellt vom jungen französischen Luftfahrtministerium, trägt die Nummer 23.

Von da an zog er von Flugmeeting zu Flugmeeting. Am 20. März erreichte er in Paris mit 510 Metern die dritthöchste je erzielte Höhe, stürzte aber bei der Landung ab. Sein Flugzeug ging zu Bruch, er selbst blieb wundersamerweise unverletzt. Sechs Wochen später griff er in der Flugwoche von Nizza den Weitenrekord an, flog mutig hinaus übers azurblaue Mittelmeer in Richtung Korsika – und fiel nach

76 Kilometern ins Wasser, weil ihm das Benzin ausgegangen war.

Am 8. September schließlich schraubte er sich in Issy-Les-Moulinaux bei Paris in 36 Minuten auf die unerhörte Höhe von 2587 Metern. Weltrekord, kaum ein halbes Jahr nach der ersten Flugstunde. Beim Sinkflug, der sechs Minuten dauerte, umkreiste er zweimal den Eiffelturm.

Immer höher und weiter flogen in jenem Jahr die tollkühnen Kerle in ihren fliegenden Kisten. Aber eine Grenze gab es, die sie alle fürchteten: die Alpen. Da gab es heftige Böen, unberechenbare Fallwinde und schreckliche Turbulenzen, welche die zerbrechlichen Maschinen jeden Augenblick gegen eine Klippe schleudern konnten. In der Kälte gefroren den Fliegern die Hände, und in der Höhe verloren die Motoren an Kraft, weil in der dünnen Luft der Sauerstoff zum Verbrennen des Benzins fehlte.

Als aber im Sommer 1910 in Mailand die Weltausstellung stattfand, schrieb die »Società Italiana d'Aviazione« einen Preis von 100.000 Lire aus für jenen Flieger, der als erster über die Alpen flog und in Mailand landete. Als Startplatz jenseits der Alpen wurde das stille Walliser Städtchen Brig bestimmt – erstens, weil es am Fuß des Simplonpasses liegt, den schon die Römer als den leichtesten von allen Alpenübergängen kannten; zweitens, weil das Wallis viel Geld gezahlt hatte, um den publicityträchtigen Anlaß nach

Brig zu holen. Die Gemeindeversammlung hatte trotz heftiger Opposition der Sozialdemokraten 4000 Franken bewilligt, die Briger Hoteliers hatten weitere 5000 Franken beigesteuert, und der Staatsrat nochmal 3000 Franken. Zum Vergleich: Im Jahr 1910 kostete ein Paar Herrensonntagsschuhe bester Qualität 8 Franken 50, Schillers Werke in Leinen mit Goldprägung 10 Franken, eine Vierzehn-Zimmer-Villa in Lugano-Paradiso mit elektrischem Licht und Wasserleitung 45.000 Franken, und ein Zentner Kartoffeln 8 Franken.

Die Strecke Brig-Mailand war 120 Kilometer lang, und 2000 Meter Höhe mußten überwunden werden. Geflogen werden sollte am 18. September 1910. Neun Flieger meldeten sich an, fünf trafen schließlich in Brig ein: der französische Privatier Marcel Pailette, der ein Jahr später ganz Südamerika überqueren sollte; der deutsche Ingenieur Eugen Wiencziers, der schon bald das einziehbare Fahrwerk erfinden würde; der fliegende Zahnarzt Ettore Cattaneo aus Mailand, der noch Jahrzehnte später sein Leben mit experimentellen Raketenantrieben aufs Spiel setzte; der Amerikaner Charles T. Weymann, der die aviatische Leichtbautechnik in der Automobilindustrie einführte – und Géo Chavez, der sich von Louis Blériot, dem berühmtesten Flugzeugbauer jener Jahre, eigens für die Alpenüberquerung eine besonders leichte, eindeckige Maschine hatte konstruieren lassen, die später als Blériot XI in

Serie gehen und das modernste Flugzeug seiner Zeit werden sollte.

Die Blériot XI bestand im wesentlichen aus Eschenholz und Baumwollstoff, ein paar Stahlrohren, gummiertem Leinenstoff und einem siebenzylindrigen 50PS-Gnôme-Sternmotor. Sie konnte auf den kleinsten Flugplätzen starten und landen, ihre dünnen Flügel waren an Tragfähigkeit und Auftrieb jedem Doppeldecker überlegen, sie war wendig und leicht zu lenken – und all diese Vorzüge bezahlte sie mit einem einzigen Nachteil: Sie war ziemlich zerbrechlich.

In Brig war die Begeisterung über das bevorstehende Abenteuer groß. Die Hoteliers, Kneipenbesitzer und Gewerbler, die sich auf zahlreiche Kundschaft freuten, bildeten umgehend ein Flugkomitee. Das Präsidium übernahm Oberst Josef von Stockalper – und das bedeutete, daß sich die berühmteste und einflußreichste Walliser Familie hinter das Projekt stellte. Denn Josef von Stockalper war ein Ur-Ur-Ur-Ur-Urenkel des großen Kaspar Jodok Stockalper, des sogenannten »König des Wallis«. Dieser war im 17. Jahrhundert zu märchenhaftem Reichtum gelangt mit dem Monopol auf Warentransporte über den Simplon und mit dem Ausleihen von Söldnertruppen an Frankreich und Habsburg.

Als erstes ließ das Komitee auf dem Plateau des Brigerbergs, etwa zweihundert Meter über der Sohle des Rhonetals, eine leicht ansteigende Wiese einebnen und als Flugfeld herrichten; der kleine Bach, der mittendurch führte, wurde mit Brettern zugedeckt. Fünf Hangars wurden aufgestellt und Festhütten gebaut, dazu Sitzplätze für fünftausend zahlende Gäste und eine haushohe Bretterwand ringsum zur Abwehr zahlungsunwilliger Gaffer. Über den Simplonpaß wurde eine Telefonleitung nach Italien gezogen, und auf der Paßhöhe spannte man große, weiße Tücher auf, als Wegmarkierung für die Flieger.

Der 18. September rückte näher. Schon Tage vor dem Spektakel ergoß sich ein Strom von Menschen nach Brig. Alle Züge waren überfüllt bis hinaus auf die Gänge und die Plattformen zwischen den Waggons; sogar die Güter- und Viehwaggons waren voller Leute. Endlose Karawanen von Automobilen schnaubten das breite Tal hinauf und wirbelten auf den ungeteerten Straßen gewaltig Staub auf. In den sonst so stillen Gassen von Brig sammelten sich Abenteurer, Geschäftemacher, Gaffer und Ganoven. In den Eingangshallen der Hotels lümmelten ungeduldig und gelangweilt die Reporter der Weltpresse; einer von ihnen war der Korrespondent der Neuen Zürcher Zeitung, der sich ärgerte über die Italiener und ihre schnellen Autos. »Montag früh schon gegen 5 Uhr ging im Städtchen Brig der Höllenspektakel los«, ließ er seine Leser wissen. »Sirenen brüllten, Hupen heulten, Hörner gellten, und im Eilzugstempo rasten

Autos durch die engen Gassen, am alten Stockalperschen Schloss vorüber die Simplonstrasse hinauf gegen den Startplatz. Was genierte es die Herrschaften im Wagenfonds, dass links und rechts der Kot spritzte, dass der Fussgänger auf die Seite eilte und sich an die Mauern presste, um nicht über den Haufen gerannt zu werden? Die meisten der italienischen Vehikel waren Rennkanonen grössten Kalibers, Achtzig- und Neunzigpferder, deren Auspuffröhren weit offen gähnten und donnerten, damit auch der letzte Briger aus dem Schlafe gerüttelt, an die Fenster gejagt werde. Ohnmächtig musste die Gendarmerie diesem brutalen Unfug schlimmster Sorte zusehen (...). An einen auch nur einigermassen ruhigen Schlaf ist ja überhaupt nicht mehr zu denken.«

Alles war bereit. Der Name Brig war seit Monaten durch die Weltpresse gegangen. Die Flugzeuge standen in den Hangars. Die Piloten warteten in den Hotels. Géo Chavez hatte schon im August mit seinem feuerroten Sportwagen den Simplonpaß mehrmals überquert und mit erfahrenen Bergführern Touren auf die Höhen ringsum unternommen, um Wind und Wetter zu studieren. In Mailand stand das Empfangskomitee bereit, um den Sieger zu empfangen.

Aber dann kam es zum Skandal.

Fünf Tage vor Beginn der Flugwoche nämlich fiel den Brigern ein, daß der 18. September ein Feiertag war – und zwar nicht irgendeiner, sondern der allerhöchste Schweizer Feiertag: der Eidgenössische Buß-, Dank- und Bettag. An diesem geheiligten Tag, so beschlossen die katholischen Bergler, hatten alle Festlichkeiten zu unterbleiben. Und um dem Beschluß Rechtswirksamkeit zu geben, erließ die Kantonsregierung ein Verbot jeglicher Fliegerei am Sonntagmorgen; am Nachmittag würden die Flugzeuge starten dürfen, wenn es denn unbedingt sein mußte, aber vor Mittag nicht.

Die Empörung war groß.

Die fünf Flieger waren empört, weil man ihnen das Fliegen verbot. Die Weltpresse war empört, weil man ihr das Spektakel vorenthielt. Am empörtesten aber waren die Herren vom italienischen Organisationskomitee, die umgehend nach Brig reisten, um eine Freigabe des Starts zu erzwingen. Sie argwöhnten, daß der geheiligte Feiertag nur ein Vorwand der Briger Hoteliers sei, um den Start der Flieger so lange wie möglich hinauszuzögern und das Publikum noch Tage oder Wochen in Brig zu halten. Die italienische Presse verhöhnte die Walliser Kantonsregierung als »Hotelier-Regierung«. In Domodossola auf der italienischen Seite des Simplons, wo man vergeblich auf die Flieger wartete, wurden ansässige Eidgenossen verprügelt, und beim Schweizer Konsulat rissen aufgebrachte junge Burschen das Wappen herunter und trampelten auf der Schweizerfahne herum.

Wer tatsächlich hinter dem plötzlichen Flugverbot steckte – die im Wallis allmächtige katholische Kirche, die in der Himmelstürmerei eine gotteslästerliche Tat sah; die Briger Hoteliers unter der Führung Josef von Stockalpers, die den glänzenden Geschäftsgang um eine Woche verlängern wollten; oder die Walliser Kantonsregierung, die es sich mit der Kirche nicht verderben wollte – wer tatsächlich dahintersteckte, ist nie geklärt worden. Seltsam ist immerhin, daß während der ganzen zwei Monate minuziöser und hochprofessioneller Vorbereitung keinem einzigen Walliser aufgefallen war, daß der Flugtag auf den dritten Sonntag im September angesetzt war – dem traditionellen Datum des Buß- und Bettages. Sonderbar war auch, daß die Feiertagsruhe nicht für den ganzen Tag verordnet wurde, sondern nur für den Morgen – wo doch jeder wußte, daß die Alpenüberquerung nur in den frühen Morgenstunden möglich war; am Nachmittag blies von Süden her der Föhn, der höchstens noch kleine Schauflüge über dem Briger Flugplatz zulassen würde.

Ein paar Schauflüge über Brig und ein verlängerter Aufenthalt des ganzen Pulks im Wallis – das war ganz im Sinn des Briger Organisationskomitees. Géo Chavez aber tobte: »Ich bin wahrhaftig nicht hergekommen, um mich hier als Volksbelustigung behandeln zu lassen, die man verbieten und gnädigst gestatten kann, wie man es mit fahrendem Zigeunervolk macht oder mit Besitzern von Jahrmarktbuden. Wenn den Leuten hier mein Start so lustig vorkommt, daß die an diesem Sonntag gebotene Ruhe dadurch gestört werden könnte, dann soll man den Startplatz sperren, aber mich aus dem Spiel lassen. Ich will ja gar keine Menschen um mich haben. Ich will nur zwei Kommissare als Zeugen, wenn ich in aller Stille mit meiner Maschine zum Kampf um die Alpen antrete. Daß man erst vier Tage vorher an den Feiertag dachte, wo doch seit Wochen ganz Brig von nichts anderem redet und im ganzen Land große Plakate die Briger Flugwoche ankündigen! Je mehr ich darüber nachdenke, desto größer wird mein Zorn.«

Géo Chavez hätte wohl mehr Verständnis für das Verbot gehabt, wenn ein offizieller katholischer Feiertag bevorgestanden hätte; wie viele große Sünder war Chavez ein gläubiger und praktizierender Katholik. Vom eidgenössischen Buß- und Bettag aber hatte er noch nie etwas gehört; denn der war erst wenige Jahrzehnte alt und eine Erfindung des jungen schweizerischen Bundesstaates. Die Landesregierung hatte den überkonfessionellen Feiertag nach dem Sonderbundskrieg ins Leben gerufen, um den brüchigen Religionsfrieden zwischen protestantischen und katholischen Kantonen zu stärken.

Im Hinterzimmer des Hotels »Krone und Post« verhandelte das italienische Organisationskomitee mit den Brigern, um doch noch eine Starterlaubnis zu erlangen. Man verhandelte einen Tag, zwei Tage, drei Tage – und die Nächte dazwischen wurde auch verhandelt. Noch am Samstag abend saßen die beiden Komitees beisammen und diskutierten. Nachts um zwei – es waren nur noch vier Stunden bis zum geplanten Start um sechs Uhr früh – waren die Gemüter derart erhitzt, daß die schweizerischen und italienischen Parlamentäre brüllend auf den Sebastiansplatz hinausliefen und einander mit den Fäusten drohten. Zu einer Schlägerei kam es nicht, zu einer gütlichen Einigung aber auch nicht.

Abschließend sagte der Chef der Mailänder: »Wenn ihr Chavez am Morgen um sechs Uhr nicht fliegen laßt, fliegt am Nachmittag gar keiner. Wir verbieten es den Fliegern.«

Und die Briger antworteten: »Laßt ihr am Sonntagnachmittag nicht fliegen und sprengt das auswärtige Volk umsonst hierher, sperren wir euch den ganzen Startplatz am Montag.« Und so kam es auch.

Der 18. September begann als strahlend schöner Morgen – es herrschte ideales Flugwetter. Als aber Géo Chavez kurz vor Sonnenaufgang zum Flugfeld kam, standen Gendarmen vor den Hangars und verwehrten den Piloten den Zugang zum Rollfeld. Chavez, Weymann, Pailette, Wiencziers und Cattaneo zogen sich in die Hangars zurück und schmollten. Und als am Mittag das Flugverbot aufgehoben wurde, wollte keiner starten. Denn erstens war unterdessen der Föhn aufgezogen, und zweitens hatte ihnen das Mailänder Komitee Schauflüge über Brig verboten.

Unterdessen aber brachten Züge um Züge unabsehbare Menschenmassen nach Brig. Von allen umliegenden Bergen waren die Bauern bedächtigen Schrittes herniedergestiegen. Auf dem Parkplatz beim Flugfeld standen dreihundert Autos, eine im Wallis nie gezählte Menge. Die umliegenden Hügel waren schwarz von Menschen, und hinter dem Bretterzaun warteten fünftausend zahlende Gäste.

Gegen Abend begann es in der Menge gefährlich zu gären. In der Not engagierte das Briger Komitee den Genfer Flieger Armand Dufaux für einen Schauflug, aber der traf erst mit dem Abendzug aus Genf ein und konnte seine Maschine nicht mehr rechtzeitig flottmachen. Um das murrende Publikum doch noch halbwegs zufriedenzustellen, bot ein Briger Hotelier Géo Chavez aus eigener Tasche tausend Franken für einen kurzen Rundflug über Brig. Aber der Millionärssohn schlug das höhnisch aus: »Ich bin doch kein Zirkuspferd.«

Bei Einbruch der Nacht war klar, daß sich an jenem Sonntag keinerlei Spektakel mehr ereignen würde. Die enttäuschten Gäste stürmten die Kassahäuschen am Eingang, aber die Kassiere hatten sich mit den Einnahmen längst in Sicherheit gebracht.

Trotz der sonntäglichen Enttäuschung strömten auch am nächsten Morgen Tausende zum Flugfeld. Aber das Wetter war schlecht. Géo Chavez hob zwar um 6.16 Uhr mit seiner Blériot ab, schraubte sich über dem Städtchen 17 Minuten lang in die Höhe und verschwand hinter einem Lärchenwald in Richtung Simplonpaß. Aber schon um 6.37 Uhr setzte er wieder auf der Graspiste auf, stieg aus und sagte mürrisch: »Ma vie vaut plus que 70.000 Francs.«

Auch am Dienstag, Mittwoch und Donnerstag verhinderten Wind, Regen, Nebel und Kälte jeden längeren Flug. Cattaneo, Wiencziers, Pailette und Dufaux demontierten ihre Maschinen für den Abtransport.

Aber am Freitagmorgen klarte plötzlich der Himmel auf. Aufgeregt fuhr Chavez im Sportwagen hoch zum Simplonpaß, um den Wind zu beobachten, kehrte zurück und beriet sich mit den Meteorologen, seinen Mechanikern und den Fliegerkollegen. Alle rieten ihm von einem Flug ab, weil auf der italienischen Seite des Bergs ein orkanartiger Sturm herrschte. Chavez war unschlüssig, nervös und gereizt. Weymann unternahm einen Versuch, seine Maschine in die Höhe zu bringen, und gab nach wenigen Minuten auf. Am Mittag schließlich erschien Chavez auf dem Flugfeld. »Je pars! Il faut que je pars!«

Um 13.29 Uhr steigt er auf, gewinnt in einer weit gezogenen Spirale Höhe und schießt über den Lärchenwald hinweg auf den Simplonpaß zu. Erstmals kreist ein Flugzeug über der Alpenwelt. Die Blériot XI fliegt am Mäderhorn vorbei und am Kaltwassergletscher, und nach zwanzig Minuten Flug überquert sie nur 150 Meter über dem Boden den Simplonpaß. Auf der Paßhöhe aber wird die Maschine vom Wind erfaßt. Chavez kann den geplanten südöstlichen Kurs nicht halten und wird nach Osten in die wild zerklüftete Gondo-schlucht abgetrieben, deren drei- und vierhundert Meter hohe Felswände nur einen Steinwurf auseinder stehen und deren Grund knapp Platz läßt für einen Fluß und eine schmale, kurvige Straße.

Die Gondo-Schlucht war seit dem Altertum eines der gefährlichsten Wegstücke jeder Alpenüberquerung gewesen, wo dem Reisenden von oben Steinschlag drohte und von unten das wilde Wasser der Doveria. Von der Antike bis zu den Tagen des großen Jodok Stockalper hatte niemand über die Mittel verfügt, einen sicheren Weg durch die Schlucht zu graben. Erst Napoleon Bonaparte, der einen wintersicheren Transportweg für seine Kanonen nach Italien brauchte, machte es möglich – mit sieben Millionen französischen Francs und 250 Tonnen Schwarzpulver.

Die Blériot wird vom Wind hin und her geworfen, aber wie durch ein Wunder findet sie den Weg hinaus aus der Schlucht in die Ebene bei Domodossola, wo Chavez zu Ehren schon die Kirchenglocken läuten.

Nach 42 Minuten Flug setzt er zur Landung an. Aus etwa tausend Metern Flughöhe peilt er in steilem Stechflug die jubelnde Menschenmenge auf dem Flugfeld südlich von Domodossola an. Zwanzig Meter über dem Boden richtet er die Maschine brüsk auf – zu brüsk – und gibt nochmal Vollgas. Diese Belastung ist zuviel für die zarte Blériot: zehn Meter über der Wiese brechen beide Flügel nach oben weg, der Rumpf sackt ab und schlägt hart am Boden auf. Blériot hatte Chavez immer wieder gewarnt, daß er die Maschine für Höhen-, nicht aber für jähe Sturzflüge gebaut habe.

Sanitäter eilten herbei und zogen den bewußtlosen Chavez aus dem Wrack. Als er für einen Moment wieder zu Bewußtsein kam und ein Sanitäter ihm Mut zusprechen wollte, sagte er: »Oh, mes amis, j'ai eu du courage!« Und als dann jemand wissen wollte, wie der Flug war, rief er ärgerlich: »Taisez-vous! C'était terrible, vraiment terrible!« Was während des Flugs geschah, hat nie jemand erfahren; denn Chavez konnte bis zu seinem Tod keinen klaren Gedanken mehr fassen.

Beim Absturz hatte er sich beide Beine gebrochen. Ein komplizierter doppelter Bruch am einen, eine einfache Fraktur am anderen Bein. Daran stirbt man nicht. Chavez wurde ins Krankenhaus von Domodossola gebracht, wo sich die besten Ärzte Italiens um ihn kümmerten. Trotzdem ging es ihm von Stunde zu Stunde schlechter. Fünf Tage und Nächte lang kämpfte er um sein Leben, durchlebte in fiebrigen Alpträumen wieder und wieder alle Schrecken des gefährlichen Flugs. »La hauteur! La hauteur!« rief er verzweifelt. »Quel vent! Quel vent! Il faut ajouter deux centimètres … d'essence … le moteur, le moteur … je dois abaisser – atterrir – atterrir«. Am 28. September 1910 starb Géo Chavez dreiundzwanzigjährig im Spital von Domodossola. »Je meurs! Je ne veux pas mourir! Non, non … je ne meurs pas … ne meurs pas«, waren seine letzten Worte.

In den folgenden Tagen warf die Weltpresse dem Walliser Organisationskomitee vor, es sei schuld an Géo Chavez' Tod; denn wenn man ihn am 18. September hätte starten lassen, an dem bestes Wetter geherrscht hatte, wäre er sicher und heil in Domodossola gelandet. Dem hielt einer der Ärzte im Krankenhaus entgegen, daß Chavez wohl auch ohne die Beinbrüche verloren gewesen wäre. »Er hatte alle Schwierigkeiten überwunden, aber auf Kosten seines Lebens, dessen Kraft in den zweiundvierzig Minuten seines Fluges ebenso vollständig aufgebraucht wurde wie in langen Jahren eines ordentlichen Lebens. Sein ganzer Organismus war erschöpft vom titanischen Kampf und der grossen körperlichen Furcht, die er ausgestanden hatte. Die Nervenanspannung war so stark gewesen, dass auch ein stählerner Organismus hätte unterliegen müssen.«

Gottes Zorn im Bündnerland

Als am 4. September 1618 Jörg Jenatsch den Erzpriester von Sondrio zu Tode folterte, brach über dem schönen und reichen Renaissancestädtchen Plurs im südlichen Bündnerland der Berg auseinander. Tausend Menschen verschwanden unter Schlamm und Stein, Kirchen und Paläste wurden bis über die Turmspitzen zugedeckt. Die Überlebenden sahen darin eine Strafe Gottes für Jenatschs Mord, und flehten: »O dess grossen Jammer und ellendts, da so vil hundert Persohnen undergangen: O lassendt unss beten, doch gantz inbrünstig, das Gott seinen grossen Zorn stille, und uns nicht nach unserem Verdienen straffe, sonder mit den Augen seiner Barmherzigkeit anseche, und vor weiterem unfall gnedig behüette, Amen.« (Kommissar Fortunatus Sprecher, 4. September 1618)

Die schlimmste Naturkatastrophe in der Geschichte der Eidgenossenschaft geschah zur Stunde, da die Witwen zum Ave Maria in die Kirche liefen und die Familien sich fürs Abendessen zu Tisch setzten. Im Westen glühte über dem Berg noch das Abendrot, im Osten war schon wolkenlos dunkle Nacht, und im Süden stand rund und voll der Mond. Im »Albergo della Corona« ging die Tür auf, und heraus trat Wirt Francesco Forno, begleitet von einem Freund, dem Maurer Simone Ramada. Die beiden waren unterwegs zum Weinkeller des Wirts, denn ein Gast hatte kühlen Wein verlangt. Kurz vor acht Uhr betraten sie den Grotto, der einen Steinwurf vom Ort entfernt am Osthang lag. So konnten sie erstens nicht sehen, daß ganz in der Nähe ein taubstummer Bub in einem Baum saß und Pfirsiche stahl und daß gleichzeitig am gegenüberliegenden Berg sich eine Steinlawine von drei Millionen Kubikmetern löste. Der Bub hieß Battista Planta und überlebte, ebenso der Wirt und sein Freund und eine alte Frau mit zwei Kindern, deren Namen kein Chronist erwähnt und die sich aus unbekannten Gründen im Freien aufhielten. Einige Chronisten behaupten, die Luftdruckwelle, die der Steinflut vorausging, habe dem kleinen Battista die Schuhe von den Füßen gerissen. Andere berichten, ein fliegender Stein habe des Maurers Ramada rechten Fuß verletzt, und wieder andere, der Maurer Ramada sei in Wahrheit Schreiner gewesen. Ob der kleine Battista Planta ein Sproß jenes vornehmen katholischen Geschlechts der Planta war, über die gerade in diesen Tagen der junge protestantische Priester Jörg Jenatsch blutig zu Gericht saß: das weiß man nicht.

Es war am Vorabend des Dreißigjährigen Krieges; bald würden Katholiken und Protestanten halb Europa in Schutt und Asche legen, weil sie uneins waren – nicht etwa in grundsätzlichen Glaubensfragen, sondern in technischen Dingen der Kirchendisziplin und Kirchenordnung. Die Schweiz sollte fast gänzlich verschont bleiben von der Schlächterei – nicht aber das Bündnerland, das beherrscht wurde von geld-, blut- und machtgierigen kleinen Warlords, und dessen Alpenpässe für die europäischen Mächte von großer strategischer Bedeutung waren. Das katholische Spanien, dessen Einflußbereich über Genua und Mailand bis an den Fuß der Alpen reichte, brauchte freien Durchzug durchs Veltlin, um mit dem katholischen Tirol in Verbindung zu bleiben. Und für das evangelische Venedig war der Weg zum Bündnispartner Frankreich über den Sanbernardino- und den Splügenpaß lebenswichtig.

Als Spanien am 5. Februar 1618 die Kornzufuhr aus dem Süden sperrte, um die Bündner fügsam zu machen, weckte das bei den eigensinnigen Berglern Wut und Haß – gegen Spanien im besonderen, gegen alle Katholiken im allgemeinen und ganz speziell gegen die einflußreiche Bündner Adelsfamilie der Planta, die zur katholischen Minderheit gehörte und verdächtigt wurde, in gutem Einvernehmen mit dem spanischen Hof zu stehen; ein Verdacht übrigens, den die historische Forschung nie hat erhärten können.

Im Unterengadin organisierte der zweiundzwanzigjährige evangelische Priester Jörg Jenatsch einen Volksaufstand. Unter seiner und anderer Priester Führung plünderte der Mob das Schloß der Planta in Zernez, stürmte hinunter ins Veltlin, nahm in Sondrio den Erzpriester Nikolaus Rusca gefangen, band ihn rückwärts auf ein Saumtier und verschleppte ihn, zusammen mit anderen mißliebigen Katholiken, über den Muretto-Paß nach Thusis, wo er dann über seine Feinde zu Gericht saß. Das Strafgericht tagte von August 1618 bis Januar 1619 und verurteilte in dieser Zeit hundertsiebenundfünfzig Männer. Die selbsternannten Richter logen und betrogen nach Lust und Laune, bestachen Zeugen, beraubten die Angeklagten und ließen sie foltern und hinrichten ohne jeden Beweis. Die Brüder Rudolf und Pompejus Planta, die vor dem Mob nach Tirol geflohen waren, wurden in Abwesenheit auf ewig verbannt, unter Androhung sofortiger Vierteilung bei allfälliger Heimkehr. Ihr Vermögen wurde eingezogen, ihre Häuser sollten zerstört und an deren Stelle Schandsäulen errichtet werden.

Und am 4. September 1618 eben geschah es, daß Jörg Jenatsch und die Seinen über den greisen Erzpriester Nikolaus Rusca zu Gericht saßen. Das Todesurteil war schon verhängt, als Jenatsch und die Seinen den Priester Rusca zur Folter geleiteten und die Arbeit des Henkers überwachten. Welche Torturen dem Unglücklichen angetan wurden, ist nicht bekannt. Allgemein üblich war, dem Delinquenten mit einem Seil die Hände auf den Rücken zu binden und ihn daran in die Höhe zu hieven, bis die Schultergelenke auskugelten. Eventuell hängte man zur Erhöhung der Wirkung Gewichte an die Füße, oder man brachte Zangen, glühende Eisen oder Spieße zum

Einsatz. Jedenfalls starb der Erzpriester unter Qualen, bevor das Todesurteil vollstreckt werden konnte. Und am Abend – laut einem mailändischen Chronisten exakt zu der Stunde, da Plurs unter der Steinflut verschwand – wurde der Leichnam des Erzpriesters unter dem Galgen von Thusis verscharrt.

Im Nachbarstädtchen Chiavenna, fünf Kilometer talabwärts von Plurs gelegen, hörte man es eine ganze Weile mächtig tosen, krachen und rauschen. Dann rollte eine Wolke aus Staub und Dunst durchs Tal und verdunkelte den Himmel. Als plötzlich der Fluß Mera, der mitten durch Chiavenna fließt, auf einen Schlag versiegte, gerieten die Menschen in Panik, flohen mit ihrer Habe beidseits des Tals den Hang hinauf und warteten auf die Flutwelle, die da kommen mußte. Nach anderthalb Stunden hatte das Wasser seinen Weg durchs Geröll gefunden, und der Fluß begann zaghaft wieder zu fließen. Da kehrten die Leute in die Stadt zurück, um die Nacht in ihren Betten zu verbringen.

Berichte von Augenzeugen sind keine überliefert. Aber im Staatsarchiv des Kantons Graubünden liegt der handschriftliche Bericht Fortunatus Sprechers, der als Kommissar der Bündner Regierung am nächsten Morgen von Chiavenna zur Unglücksstätte ritt. »Mit höchstem Kummer und Herzleydt« berichtete er den gnädigen Herren in Chur über den »kläglichen yämmerlichen Untergang des hübschen

Flecken Plurss mit sampt dem Dorff Chilano«. Er habe das »Volck hinuff geschickt gen suchen ob ettwas lebendig zu finden: aber ist wenig Hoffnung. Ist niemandt by leben, dass man wüsse.« Die Rüfe sei an manchen Orten mehr als fünf Spieß hoch (1 Spieß = 3 bis 5 Meter, Anm. d.V.); nichtmal die Kirchtürme seien mehr zu sehen.

Verschüttet unter dem rotbraunen Schuttkegel lagen mächtige Palazzi von Adelsfamilien, schmucke Wohnhäuser wohlhabender Kaufleute, der Sitz des Landvogts ebenso wie die prachtvolle Kirche der katholischen Mehrheit und jene der reformierten Minderheit und die Leichen von tausend Menschen – erschlagen von niederstürzenden Felsbrocken, geschunden und im Geröll zermahlen wie Getreide in der Mühle oder lebendigen Leibs eingeschlossen in ihren Häusern. Nur wenige unbewohnte Häuser waren verschont geblieben, da sie außerhalb des Städtchens am Osthang standen.

Unter der Führung Fortunat Sprechers eilten dreihundert Männer mit Pickeln und Schaufeln nach Plurs. Zwei Tage und zwei Nächte lang konnten sie aus den Gesteinsmassen da und dort noch Hilferufe und Gejammer von Eingeschlossenen hören, dann wurde es still. Fortunatus Sprecher befahl, das Graben einzustellen. Nur vier oder fünf zerschundene Leichen hatten sie bergen können, dazu einiges an Briefen, Schriften, Schmuck und Geld, aber keine lebende Seele. Das Geröll stand zu hoch.

Das frühe 17. Jahrhundert war die Zeit der ersten kommerziellen Zeitungen; schon wenige Wochen nach dem Unglück erschien in Zürich eine erste »Wahrhaftige Newe Zeitung von dem erschröcklichen und plötzlichen undergang dess wolbekandten Fleckens Plurs«, illustriert mit einem Kupferstich, der Plurs vor und nach der Katastrophe darstellt. Und da der Zürcher Kupferstecher Hardmeyer Plurs nur vom Hörensagen kannte, unterliefen ihm einige der ersten Fehler der Pressegeschichte: Der Fluß fließt in seiner Darstellung nach Osten statt nach Westen, und die Plurser Weinberge befinden sich bei ihm am Nordhang, während sie tatsächlich bis zum heutigen Tag am Südhang liegen.

Die Nachricht vom Bergsturz verbreitete sich in den folgenden Monaten und Jahren in ganz Europa; es erschienen Flugblätter in Basel, Straßburg, Frankfurt, Stuttgart, Mailand, Holland und England. Jeder Chronist faßte seinen Bericht in mehr oder weniger eigene Worte, und jeder ließ von seinem Kupferstecher eine eigene Illustration herstellen; da aber keiner von ihnen je in Plurs gewesen war, hielt sich jeder an den Stich des Zürchers Hardmeyer, weshalb auch auf ihren Flugblättern die Weinberge am Nordhang liegen und der Fluß nach Osten fließt.

Die Bürger von Plurs waren in der Hauptsache Kaufleute gewesen, die in ganz Europa mit Seide, Samt und Gold handelten; sie unterhielten feste Warenlager in Como, Venedig, Mailand, Palermo, Genua, Wien, Basel, Nürnberg und Prag. Als sich im September 1618 die Nachricht vom Unglück verbreitete, kehrten die Söhne der Stadt heim, trauerten auf dem Schuttkegel um ihre Familien und haderten mit Gott. Wie konnte der Allmächtige ein solches Unglück zulassen, das blind und unterschiedslos alles Leben vernichtete? Und wenn er die Eitlen und Hochmütigen strafen mußte für ihre Sünden: Hätte er nicht zuvor ein Zeichen der Warnung schicken müssen, damit sich die Unschuldigen, die Kinder, die Demütigen und die Elenden retten konnten?

Dem hielten protestantische wie katholische Geistliche entgegen, daß es erstens nicht Sache der Sterblichen sei, Gottes Wege zu kritisieren, und daß zweitens der Himmel sehr wohl warnende Zeichen geschickt habe, bevor der Berg auseinanderbrach. Tatsächlich wußte ein im sächsischen Halle gedrucktes Flugblatt zu berichten, daß schon Tage vor dem Unglück ein fremder, alter Mann in der Gegend gewesen sei, der ausgesehen habe wie ein Vagabund oder Taglöhner und der die Menschen vergeblich gemahnt habe, daß »ein grosses Unglück scheinete vor der Thür zu seyn«. Die Leute hätten ihn aber für »ein Trunken Boldt gehalten, der nicht wüsse, was er redete«. Das gleiche Flugblatt berichtete, daß wenige Stunden vor dem Bergsturz »dem Erdreich gar ein ungewöhnlicher Gestank sich erhoben, dass nicht anders als nach Fewer und Schwefel gerochen, auch die Luft gleichsam heftig gestunken«. Aber auch das habe niemand beachtet, »sondern es seynd die Einwohner fröhlich und guter Ding gewesen und haben ihren Spielen obgelegen und anderer weltlichen Freude und Ergetzlichkeit sich wohl gebraucht«.

Sogar Kommissar Fortunat Sprecher, als oberster Verwalter und Richter im Tal ein kühl-vernünftiger Kopf, berichtete der hohen Regierung, am Tag des Unglücks seien zur Mittagszeit auf Plurser Gemeindegebiet von überall her die Bienen zusammengeströmt und hätten »angfangen ein anderen mit einer sömlichen ungstüme in der Lufft zu stechen, dass das Mehrtheil todt uf das erdtrich gefallen«. Spätere Chronisten beteuerten, daß man die toten Bienen schaufelweise hätte von der Straße schippen müssen.

Da der Himmel also vielfältige Zeichen geschickt hatte, mußten die Plurser ihr Schicksal sich selber zuschreiben, meinte der protestantische Basler Chronist Johann Jörg Grossen: »gewisslich solches verfahls und jamers ist kein andere ursach gewesen, als ihr lasterhaftes leben und wandel«. Grossen nahm an, daß viele »Spötter under ihnen möchten gewesen seyn, welche villeicht alles warnen und zusprechen in Wind geschlagen, verachtet und verlacht haben. Dargegen zweifels ohn viel andere fromme gewesen, welche vor angst nicht werden gewusst haben, weil sie sich verhalten müssen, ob man fliehen solle oder nit. Zweiffle auch nit daran, dass etliche der gedachten

Spöttern sich noch vor ihrem End, wie schnäll auch dasselbig gewesen, möchten zu Gott bekehrt haben.« In jedem Fall aber sei es falsch, nach den Ursachen des Unglücks zu fragen, denn damit würde man nur die göttliche Allmacht in Frage stellen.

Natürlich versuchten die Menschen trotzdem, die Katastrophe mit ihrer Weltsicht in Einklang zu bringen. Und das gelang auch. Für die asketischen Protestanten war klar, daß die sinnenfreudigen Plurser Katholiken gebüßt hatten für ihr zügelloses Leben. Die Katholiken hielten dagegen, daß sich Gottes Zorn gegen die ketzerischen Reformierten gerichtet habe. Zwar sei wohl wahr, daß die meisten Toten fromme Katholiken gewesen waren, räumte der Mailänder Chronist Girolamo Borsieri ein; aber wer hatte denn den größten Schaden davongetragen? Etwa nicht die protestantischen Bündner, welche die weltliche Macht besessen hatten über das reiche Handelsstädtchen? Und konnte es ein Zufall sein, daß das Unglück ausgerechnet an dem Tag geschah – laut dem Luganeser Chronisten Giovanni Baiacca sogar zur gleichen Stunde –, da Jörg Jenatsch den Erzpriester Rusca ermorden ließ?

Die geologische Forschung neigt heute eher zu der Ansicht, daß der Bergsturz mit den zehn Tagen heftigen Regens zusammenhängt, die dem Unglück in jenem Spätsommer 1618 vorausgingen. Das viele Wasser hatte eine haushohe Schicht von Moränengeröll aufgeweicht, die auf dem massiven Fels des

Berges lag, seit sich hunderttausende Jahre zuvor der letzte Gletscher zurückgezogen hatte. Nach ein paar kleineren Rüfen am Fuß des Berges hatte die ganze Gesteinsschicht den Halt verloren und war innert einer Minute zu Tale gerast.

Auf dem Schuttkegel bildete sich bald wieder ein kleiner Ort namens Plurs, der aber nie mehr die frühere Bedeutung erlangte. Er blieb Bündner Untertanengebiet, bis Napoleon Bonaparte den Helvetischen Einheitsstaat verfügte und 1802 das Veltlin, Bormio und Chiavenna zu Italien schlug. Nach der endgültigen Niederlage Napoleons übergab der Wiener Kongreß 1815 alle ehemaligen Bündner Untertanengebiete an Österreich, und nach dessen Niederlage im Ersten Weltkrieg gingen sie wiederum an Italien. Heute heißt der Ort Piuro, hat eine Pizzeria und einen schönen Rebberg, auf dem ein ganz ordentlicher Rotwein wächst.

Während am Tageslicht die Weltgeschichte durchs Tal brandete, ruhte das verschüttete Renaissancestädtchen Jahrhundert um Jahrhundert unter einer schützenden Decke von zehn bis fünfzehn Metern Geröll. Jahrzehntelang gruben die Nachfahren der reichen Plurser Familien nach Hunderttausenden von Golddukaten, die in wenigen Metern Tiefe liegen mußten; aber das Geröll war hart wie Fels, und die Goldgräber stießen nie bis zu den Wohnhäusern vor. Die einzigen wertvollen Funde blieben die Kirchenglocken, die wegen ihrer erhöhten Lage nicht sehr tief verschüttet waren; einige wurden verkauft, andere eingeschmolzen, und eine von ihnen hängt seit 1859 im Glockenturm der Marienkirche von Piuro. Sie trägt die Aufschrift: »Hauser Georg gos mich 1597. Ora pro populo tuo.«

Das schnelle Leben des Louis Chevrolet

Der Schweizer Uhrmachersohn Louis Chevrolet wollte Autos bauen, die so waren wie er: groß und stark und schnell und gut. Das gelang ihm auch, und er wurde reich und berühmt. Aber dann kamen seine Finanz- und Marketingexperten, die es gut mit ihm meinten.

Begonnen hatte alles im Juradörfchen Bonfol im nordwestlichsten Zipfel der Schweiz, unweit der französischen Grenze. Dort heiratete am 1. Mai 1876 der 23jährige Uhrenarbeiter Joseph Chevrolet standesamtlich die drei Jahre ältere Taglöhnerin Marie-Anne Mahon. Sie war im achten Monat schwanger. In der Folge schenkte sie ihm vier Söhne und vier Töchter. Das Paar blieb vereint bis an sein seliges Ende, meist in bitterer Armut.

Die Schweizer Uhrenindustrie hatte ihre erste Krise. Der Export nach Amerika war zusammengebrochen, weil in den USA moderne Uhrenfabriken aus dem Boden schossen, die viel billiger produzieren konnten als die jurassischen Heimarbeiter in ihren Bauernstuben. Man kann annehmen, daß Marie-Anne und Joseph in ihrer Wohnung gemeinsam für immer geringeren Lohn immer größere Stückzahlen bewältigten – das heißt, in das immergleiche halbfertige Uhrwerk ein paar Schrauben, die Antriebsfeder oder das Ankerrad einbauten, um die Stücke dann dem Nachbarn weiterzureichen, der den nächsten Arbeitsschritt vornahm – und daß das Geld nie reichte, um die junge Familie zu ernähren.

In ihrer Not verließen die Chevrolets wenige Monate nach der Hochzeit das heimatliche Bonfol und zogen fünfzig Kilometer südwestlich nach La Chaux-de-Fonds, in die aufstrebende Weltmetropole der Uhrenproduktion. Joseph fand umgehend eine Anstellung; er spezialisierte sich auf die Montage des Ankers, der die aufgezogene Uhr zum Ticken bringt und verhindert, daß sie in Sekundenschnelle abschnurrt. Ein Obdach fanden die Chevrolets in der Rue du Grenier 22 im Obergeschoß einer Schlosserei. Dort brachte Marie-Anne am 25. Dezember 1878 um halb elf Uhr abends ihren zweiten Sohn Louis Chevrolet zur Welt, dessen Namen im 20. Jahrhundert über hundert Millionen Autos tragen sollten.

Zwei Jahre später war die Uhrenkrise ausgestanden, die Familie kehrte heim nach Bonfol. Der kleine Louis wuchs und gedieh heran zu einem kräftigen und anstelligen Burschen. Noch bevor er lesen und schreiben konnte, hatte ihm der Vater die Grundzüge der Uhrenmechanik beigebracht. Er trug wohl zum Familieneinkommen bei, indem er zu Hause in der Stube mit dem Vater, der Mutter und dem älteren Bruder Alfred Uhren zusammenschraubte.

Das war durchaus nicht ungewöhnlich; der russische Revolutionär Piotr Kropotkin, der in jenen Jahren den Jura zwecks politischer Agitation bereiste, hielt in seinen Memoiren fest, daß »ganze Dörfer und Städte ausschließlich mit der Uhrmacherei beschäftigt waren und daß ganze Familien in kleinen Werkstätten dieser Arbeit oblagen«. Es finde sich »bei den Uhrenarbeitern dieser Kleinbetriebe wesentlich mehr geistige Unabhängigkeit und Originalität als bei den Fabrikarbeitern«, schrieb Kropotkin weiter. »Sie befinden sich auf einer höheren geistigen Stufe, weil sie in ihren Wohnhäusern arbeiten können und einander bei der Arbeit genau kennenlernen ...«

Als Louis Chevrolet acht Jahre alt war, geriet die Schweizer Uhrenindustrie erneut in eine Krise. Da packte Vater Joseph sein Hab und Gut auf ein Pferdefuhrwerk und fuhr mit Ehefrau Marie-Anne und den mittlerweile fünf Kindern über die französische Grenze ins burgundische Kleinstädtchen Beaune. In den folgenden Jahren bereiste er das Burgund auf der Suche nach Kundschaft, verkaufte und flickte Uhren, Nähmaschinen und landwirtschaftliche Geräte, und verdiente doch nie genug Geld, um die Familie wirklich sattzukriegen.

Die Kinder gingen zur Schule, bis sie zwölf Jahre alt waren. Dann mußten sie arbeiten. Als Louis Chevrolet sich nach der Erstkommunion am 4. Mai 1890 nach einer Stelle umsah, mußte er nicht lange suchen. Der Velo- und Kutschenmechaniker Louis

Roblin, der in der Nachbarschaft eine Werkstätte betrieb, nahm ihn in die Lehre. Der junge Chevrolet, der von frühester Kindheit an vertrauten Umgang mit Rädern und Zahnrädern – wenn auch viel kleineren – gepflegt hatte, soll sich von Anfang an sehr geschickt angestellt haben.

Ende des dritten Lehrjahrs machte Louis zum ersten Mal Bekanntschaft mit einem Motorfahrzeug. An einem kalten Morgen Ende März 1893 versuchte ein eleganter, schon nicht mehr ganz junger Gast vor dem einzigen Hotel in Beaune vergeblich, seine benzinbetriebene Kutsche anzuschieben. Das war eine anstrengende Sache, denn der Anlasser war noch nicht erfunden, und die Kupplung auch nicht. Als dann dieser lange, kräftige Fünfzehnjährige daherkam, winkte der Hotelgast ihn herbei. Vierzig Jahre später erzählte Louis Chevrolet seinem Freund und Ingenieur Cornelius Van Ranst: »Ich konnte mein Glück nicht fassen, als der Fremde sagte, ich solle es mal versuchen. Ich habe wohl schneller und stärker stoßen können als er, und so sprang die Maschine auf Anhieb an. Da saß ich nun plötzlich auf einem Automobil und fuhr damit umher, und meine Freunde applaudierten. Ich war der glücklichste Junge der Welt.«

Der Hotelgast erklärte ihm die Funktionsweise des Benzinmotors, so gut er es verstand. Und Louis wußte in diesem Augenblick, daß er selber ein Automobil besitzen wollte.

Vielleicht aber wäre er trotzdem nie nach Amerika gegangen und hätte zeitlebens im Burgund Velos geflickt – wenn nicht zwei Jahre später der Veloclub Beaune gegründet worden wäre, der am Nationalfeiertag ein Rennen veranstaltete.

Am 14. Juli 1895 war Louis sechzehn Jahre alt, ein kräftiger Bursche von hundertzweiundachtzig Centimeter Körperlänge und fast hundert Kilogramm Gewicht. Lehrmeister Roblin stellte ihm für das Rennen ein Rad der Pariser Firma Darracq zur Verfügung. Das Rennen führte über 6,4 Kilometer Schotterstraße. Louis gewann es in der Zeit von zehn Minuten, was einer Durchschnittsgeschwindigkeit von 38,4 km/h entsprach. Im Jahr darauf gewann er über 64 Kilometer mit einem Stundenmittel von 32 km/h. In den Jahren 1896, 1897 und 1898 gewann er sechzehn Rennen, wurde sechsmal Zweiter und eroberte zahllose Pokale und Medaillen. Und weil der Sieger stets ein Preisgeld kassierte, nahm er schon bald auch seine Schwestern zum Training mit. Bei ihrem ersten Damenrennen traf die fünfzehnjährige Fanny als Erste im Ziel ein, die dreizehnjährige Berthe wurde Zweite.

Plötzlich aber tauchte Louis Chevrolets Name in den Sportseiten der Zeitungen nicht mehr auf, denn er fuhr keine Rennen mehr. Ende 1898 oder Anfang 1899 nahm er Abschied von Lehrmeister Roblin, verließ das Elternhaus und ging nach Paris, wo die berühmtesten Autofabriken jener Zeit standen. Bei wem er wie lange gearbeitet hat und in welcher Funktion, ist nicht bekannt. Aber schon nach ein paar Monaten, so erinnerte sich Louis' Schwester Marthe neunundsechzig Jahre später, wurde er von einem reichen Franzosen als Chauffeur angestellt und begleitete diesen nach Kanada, in die französischsprachige Provinz Quebec. Im April 1901 kündigte er auch diese Stelle und fuhr nach New York, um als Mechaniker bei der französischen Autofirma Dion Bouton anzufangen.

Es war die Zeit der Gründer und Pioniere; neue Unternehmen schossen aus dem Boden und verschwanden ebenso schnell wieder. Als Dion Bouton die Tore schloß, zog Louis Chevrolet weiter, von einer Fabrik zur nächsten, und schließlich wurde er Werkfahrer bei Fiat.

Am 20. Mai 1905 fuhr er auf der Pferderennbahn im New Yorker Morris Park sein erstes Rennen. Er siegte und schlug mit 109,7 km/h auch gleich den Geschwindigkeitsweltrekord. Mit seinem 90-PS-Fiat gewann er auch sein zweites, drittes und viertes Rennen. Er war ein tollkühner Fahrer, hatte ein gutes Auge für die Ideallinie und verfügte über bärenstarke Arme, mit denen er das schwere, widerspenstige Auto durch die engsten Radien zwingen konnte. Allerdings muß man sagen, daß er jenen Wettkampf gegen Henry Ford über eine Meile am Strand von Cape May, New Jersey, nur gewann, weil Ford zu nah an der Wasserlinie fuhr und von einer unerwartet hohen Welle gestoppt wurde.

In jenem Sommer nahm die US-amerikanische Öffentlichkeit den bärenhaften Mann mit dem mächtigen gallischen Schnurrbart rasch zur Kenntnis; die Zeitungen nannten ihn »The dare devil Frenchman«, obwohl er ja eigentlich Schweizer war. Am 30. Juli heiratete er die siebzehnjährige Französin Suzanne Treyvoux; die Hochzeitsreise führte an die Niagarafälle, wie es die amerikanische Tradition gebot. Am 2. Oktober dann der erste Unfall: Im Trainingslauf zum Vanderbilt Cup auf Long Island fuhr Louis seinen Fiat im Nebel gegen einen Telegraphenmast. Die Maschine war Schrott, Louis blieb unverletzt.

1906 ließ Chevrolet sich von Walter Christie in Philadelphia als Chefkonstrukteur anwerben. Ihr gemeinsames Ziel war ein Rennwagen mit einem völlig neuen Antrieb. Die Motorkraft sollte nicht mehr über eine schwere Kardanwelle auf die Hinterachse, sondern direkt vom Frontmotor auf die Vorderräder übertragen werden. Es entstand der Darracq V8, ein großes und gewichtiges Auto, das stark und schnell war und äußerst zuverlässig. Louis Chevrolet taufte den Wagen, den er nach seinem Ebenbild geschaffen hatte, liebevoll »Big Bear« – Großer Bär.

Mit dem »Big Bear« fuhr er sagenhafte 191,5 km/h, brach erneut den Geschwindigkeitsweltrekord und gewann zahllose Rennen. Louis Chevrolet wurde eine nationale Berühmtheit; die Menschen liebten seine bäuerlich brummige Gutmütigkeit und seinen halsbrecherischen, aber fairen Fahrstil. Allerdings bezahlte er seine Unerschrockenheit mit einer Serie von spektakulären Unfällen. Vier Mal kamen seine Beifahrer ums Leben, er selbst blieb stets mehr oder weniger unverletzt – wobei er in seinen fünfzehn Jahren als Rennfahrer insgesamt über drei Jahre im Krankenhaus verbrachte. Erst 1920, als sein Bruder Gaston bei einem Rennen ums Leben kam, gab er die Rennfahrerei auf.

Unterdessen war die ganze Familie Chevrolet wieder vereint. Kurz nach seiner Ankunft in New York 1901 hatte Louis den Vater in einem Brief gebeten, seine radfahrenden Schwestern Fanny und Berthe zu ihm zu schicken, da er erstens Heimweh habe und zweitens die Mädchen in Amerika leichter ein Auskommen fänden. Schweren Herzens stimmte Vater Joseph zu. Und als dieser wenige Monate später, am 9. März 1902, nach einem Leben voller Mühsal und Entbehrung mit nur neunundvierzig Jahren starb und als Mittelloser im Gemeinschaftsgrab von Beaune verscharrt wurde, schiffte sich auch Mutter Marie-Anne mit den jüngsten Kindern ein. Zurück in Beaune blieb einzig Louis' älterer Bruder Alfred. Er verdiente sein Brot als Uhrenarbeiter und übernahm später – eine Autogarage.

Louis Chevrolets Name war in der Autobranche Gold wert; er stand für Geschwindigkeit, Größe, Komfort und Technik. Das fiel auch einem jungen Unternehmer namens William Durant auf, der mit Zigaretten und Immobilien Millionen verdient hatte und voraussah, daß der Automobilbau das Geschäft der Zukunft war. 1911 gründeten Durant und Chevrolet die »Chevrolet Motor Car Company«. Durant brachte das Geld ein, Chevrolet den Namen und das Wissen.

Ein Jahr später rollte in Detroit das erste Chevrolet-Modell, der »Classic Six«, aus dem Werk. Der Wagen war ganz nach dem Geschmack von Louis Chevrolet: eine luxuriöse viertürige Limousine mit Ledersitzen, elektrischen Scheinwerfern und einem sechszylindrigen 4,9-Liter-Motor mit 50 PS. Das Auto kostete 2150 Dollar, was damals sehr viel Geld war. Der kommerzielle Erfolg war durchschlagend. Allein im ersten Jahr wurden 2999 Stück verkauft.

Dann kam das Jahr 1913: das Jahr, in dem Henry Ford die Fließbandproduktion einführte und sein Billig-Auto »Ford T« zu mörderisch tiefen Preisen auf den Markt warf. William Durant erkannte sofort, daß der teure Chevrolet Classic Six gegen diese Konkurrenz nur eine Überlebenschance hatte, wenn man ihm ein kleines, preisgünstiges Modell zur Seite stellte.

Durant bat Chevrolet, einen kleinen Sechszylindermotor für einen Kleinwagen zu entwickeln – und geriet an den Falschen. Denn für ein Puppenstuben-

Auto wollte Louis Chevrolet seinen Namen nicht hergeben. Schließlich war er Rennfahrer und kein Zirkusclown. Durant argumentierte, flehte, bat. Louis blieb hart – und fuhr mit seiner ganzen Familie heim nach Europa, um im Burgund und im Jura Freunde und Verwandte zu besuchen.

Wie viele Monate die Reise dauerte, weiß man nicht. Jedenfalls ist überliefert, daß bei der Heimkehr nach Detroit Louis Chevrolets sechsjähriger Sohn Charles sein Englisch vergessen hatte und in der Schule nachsitzen mußte. Auf Louis Chevrolet seinerseits wartete in der Autofabrik eine üble Überraschung: Das Billig-Auto hatte in seiner Abwesenheit Gestalt angenommen und trug schon einen Namen: »Chevrolet 490« sollte er heißen – die Zahl 490 stand für den Kaufpreis in Dollar. Es kam zu einer fürchterlichen Szene in Durants Büro. »Wenn es dieses Auto geben soll, dann ohne mich!« soll er geschrien, mit der Faust auf Durants Schreibtisch gehauen und türenschlagend das Büro verlassen haben. Dann verkaufte er seine Chevrolet-Aktien – er besaß 100 von 6000 Anteilsscheinen – und kehrte der Firma den Rücken. Zuvor allerdings ließ ihn Durant eine Erklärung unterzeichnen, daß er auf alle Rechte an der Marke »Chevrolet« verzichte und nie mehr ein Auto dieses Namens bauen werde.

Louis Chevrolet kehrte zurück auf die Autorennbahn. Er gründete die »Frontenac Motor Corporation«, baute seinen eigenen Rennwagen und eilte wieder von Triumph zu Triumph. Am 30. Mai 1917 gewann er das 250-Meilen-Rundrennen von Cincinati, am 3. September die 100 Meilen von Chicago, am 29. September die 100 Meilen von Sheepshead Bay, und am 29. November die 10 Meilen von Ascot. Zu seinen schärfsten Konkurrenten wuchsen in diesen Jahren seine Brüder Gaston und Arthur heran. Besonders die Saison 1920 gehörte dem 28jährigen Gaston: Er gewann das berühmteste aller Rennen, die 500 Meilen von Indianapolis, und führte die Fahrerwertung mit 100 Punkten Vorsprung an, als sich am 25. November auf der Rennstrecke von Beverly Hills sein Frontenac mit dem seines Konkurrenten O'Donnell verhakte. Sie waren beide sofort tot.

Gaston wurde postum zum US-Champion 1920 erklärt. Louis Chevrolet, der den 14 Jahre jüngeren Bruder sehr geliebt hatte, fuhr von jenem Tag an kein einziges Autorennen mehr. Er faßte den Plan, fürs breite Publikum eine Tourenversion seines Frontenac herzustellen, arbeitete als einer der ersten Konstrukteure mit Aluminium und baute ein Sperrdifferential ein. Das Auto ging nie in Serie, denn die US-Wirtschaft erlitt einen Schwächeanfall, der in die Weltwirtschaftskrise führen sollte. 1923 ging die »Frontenac Corporation« in Konkurs.

Davon erholte sich Louis Chevrolet nicht mehr. Er entwickelte zwar noch mehrere Renn- und Tourenwagen, baute sogar einen Flugzeugmotor und gewann in Florida das erste und einzige Motorbootrennen, an dem er jemals teilnahm; aber während der Weltwirtschaftskrise fehlte ihm Geld, um seine Pläne in die Tat umzusetzen. Und als die Konjunktur ab 1933 wieder anzog, war Louis Chevrolet ein gebrochener Mann. Demütig kehrte er nach Detroit zurück und fand eine Anstellung als einfacher Mechaniker, und zwar ausgerechnet bei der »Chevrolet Motor Car Company«. Die Konzernleitung beteuerte viele Jahre später, Louis habe einen Posten in der Chefetage abgelehnt.

Der 55jährige blieb nur ein knappes Jahr bei Chevrolet, dann zwang ihn der erste von insgesamt fünf Hirnschlägen, vorzeitig in Pension zu gehen. Die letzten sieben Jahre seines Lebens verbrachte er lesend und Bridge spielend an der Seite seiner Frau Suzanne, das Winterhalbjahr jeweils in Florida, den Sommer über in Detroit. Als er am frühen Morgen des 6. Juni 1941 starb, nahm das die Weltpresse kaum zur Kenntnis; in Europa lagen die Völker im Krieg, und Amerika ahnte schon, daß es bald gezwungen sein würde, ins Gemetzel einzutreten. Beerdigt wurde Louis Chevrolet auf seinen ausdrücklichen Wunsch neben seinem Bruder Gaston auf dem Friedhof von Indianapolis, in Hörweite der berühmten Rennstrecke.

In einem seiner letzten Radio-Interviews wurde Louis Chevrolet von einem Reporter gefragt: »Sind Sie dank Ihrer Autos berühmt geworden, oder sind die Autos dank Ihnen berühmt geworden?« Louis Chevrolet antwortete: »Das war wohl ein Wechselspiel. Aber ich war zuerst da.«

Die Wasserfallenbahn

Im Frühling 1870 schlossen sich die Juradörfer Reigoldswil und Mümliswil zusammen, um einen Tunnel zu graben durch den Berg, der sich tausend Meter hoch zwischen ihnen erhebt. Durch den Tunnel sollte eine Eisenbahn führen, die erstens Reichtum in die armen Täler bringen, zweitens die Deutschschweizer Hauptstädte Basel und Bern auf kürzestem Weg miteinander verbinden und drittens die wichtigste Verkehrsachse zwischen Deutschland und Italien werden sollte. Groß war deshalb die Begeisterung der Dörfler, als im Herbst 1874 die Tunnelarbeiter mit ihren Maschinen auffuhren und zu graben anfingen. Aber sie hatten die Rechnung ohne die nahe Kleinstadt Olten gemacht, die dank der Eisenbahn zu Macht und Wohlstand gekommen war.

Der Berg heißt Wasserfalle, da sich auf dessen nördlicher, der Reigoldswiler Seite, ein Bach über eine hohe Felskante stürzt. Daß sich das Juragebirge nirgends so leicht durchstoßen läßt wie hier, war den Ingenieuren schon aufgefallen, als es in der Schweiz noch keine einzige Bahn gab. Im Herbst 1850 hatte die Landesregierung den englischen Eisenbahnpionier Robert Stephenson, dessen Vater die Dampflokomotive erfunden hatte, mit dem Entwurf eines Schienennetzes für den jungen Eidgenössischen

Bundesstaat beauftragt. Stephenson empfahl, die drei Deutschschweizer Hauptstädte Basel, Bern und Zürich jeweils auf der kürzest möglichen Strecke, also in einem Dreieck, miteinander zu verbinden. Die westliche Seite dieses Dreiecks hätte die Wasserfallenbahn gebildet.

Dieser Plan gefiel all jenen Orten, die auf einer Seite des Dreiecks lagen; jene aber, die mittendrin lagen oder weitab davon, konnten keine Freude haben. Also ging das Gerangel los, wie immer, wenn irgendwo eine Straße oder eine Bahn gebaut wird. Es gab Intrigen und politische Ränkespiele, und natürlich waren es die ahnungslosen Dörfler aus Mümliswil und Reigoldswil, die zum Schluß das Nachsehen hatten. Daß sie jemand betrogen haben soll, ist heute, anderthalb Jahrhunderte später, nicht mehr zu beweisen; aber erzählen, was damals geschah, und herausfinden, wer vom Unglück der Dörfler profitierte, das kann man.

Im Zentrum des von Stephenson vorgeschlagenen Dreiecks – also weitab von allen drei Bahnstrecken – lag die Kleinstadt Olten, die seit der Antike vom Handel und internationalen Verkehr gelebt hatte. Schon die alten Römer hatten hier die Aare überquert und die Pferde gewechselt, bevor sie über den Hauenstein-Paß weiter nach Gallien und Britannien zogen. Daß Olten nun plötzlich weitab von allem modernen Verkehr läge, konnten die selbstbewußten Bürger der Stadt nicht zulassen.

Zu beweisen ist im nachhinein nichts mehr, wie gesagt – aber Tatsache ist, daß im Jahr 1850, als Stephenson seinen Bericht abgab, ein Oltner Bürger in der Landesregierung saß: der hochangesehene, freisinnige Kaufmannssohn und Revolutionär Josef Munzinger, Mann des Ausgleichs zwischen den katholischen Landesgegenden und den protestantischen Städten, erster Finanzminister der modernen Schweiz und mitverantwortlich für die Schaffung des Schweizer Frankens, der bis zum heutigen Tag gesetzliches Zahlungsmittel ist. Tatsache ist auch, daß die Regierung Stephensons Dreiecks-Idee verwarf und einen zweiten Bericht anforderte, in dem die Anbindung Basels an Bern und Zürich mit nur einem Juradurchstich bewerkstelligt würde. Und Tatsache ist weiter, daß damit aus Gründen der Geometrie die Idee des Dreiecks gestorben war. Gefragt war nun eine Linie, die von Basel aus direkt ins Zentrum des Dreiecks führte. Und im Zentrum des Dreiecks lag – auch das ist eine Tatsache – Olten.

Mit Feuereifer wurden nun Eisenbahnen gebaut, und zwar sternförmig um den Knotenpunkt Olten. 1856 wurden die ersten Teilstrecken ostwärts Richtung Zürich und südwärts Richtung Luzern eröffnet, gleichzeitig wurde am Hauenstein ein Tunnel gegraben, und 1858 traf von Norden her aus Basel der erste Zug der Schweizerischen Central-Bahn in Olten ein. Das Städtchen sprengte seine mittelalterlichen Mauern, wuchs und gedieh und nahm jenen

Aufschwung, den die Juradörfer Mümliswil und Reigoldswil für sich erhofft hatten. Die Idee der Wasserfallen-Bahn schien für alle Zeit begraben.

Aber dann vergingen ein paar Jahre, und die Umstände änderten sich. Die Oltner verloren ihre Vertretung in der Landesregierung, weil Josef Munzinger ob der Ränkespiele auf dem politischen Parkett schwermütig wurde und zurücktrat. Und dann – vielleicht konnte es nur nach dem Rücktritt Munzingers geschehen – trat ein Gesetz in Kraft, das für die Oltner erhebliche Scherereien bedeutete, für die Juradörfer aber neue Hoffnung. Das Eisenbahngesetz von 1873 verlangte von den Bahnbetreibern, daß Güterzüge jeweils auf der kürzestmöglichen Strecke geführt wurden. Falls also jemand eine Strecke baute, die beispielsweise Basel und Bern auf kürzestmöglichem Weg miteinander verband, mußte Olten einen großen Teil seines Verkehrs an die neue Konkurrenz abtreten.

Diese Chance wollten die Mümliswiler und Reigoldswiler nutzen. Sie bildeten ein Komitee, machten Messungen und Pläne und Berechnungen. Am 4. Juni 1873, fünf Monate nach Inkrafttreten des Gesetzes, reichten sie beim Kanton Baselland ein Konzessionsgesuch zum Bau und Betrieb der Wasserfallenbahn ein.

Groß war das Erstaunen der Dörfler, als sie erfuhren, daß einen Tag zuvor die Schweizerische Centralbahn ein identisches Gesuch gestellt hatte. Natürlich steht nirgends geschrieben, daß dahinter eine Intrige der Stadt Olten steckte, die um ihre privilegierte Stellung als Eisenbahnknotenpunkt fürchtete. Aber Tatsache ist, daß im Direktorium der Centralbahn jahrzehntelang der Oltner Wirtesohn Johann Jakob Trog saß und daß die wichtigste Strecke der Centralbahn die Linie Basel–Olten war.

Die Dörfler waren zufrieden. Hauptsache, die Wasserfallenbahn wurde gebaut. Und in der ersten Zeit sah es aus, als hätten Mümliswil und Reigoldswil allen Grund zur Zuversicht; denn lang vor dem ersten Spatenstich begann der Aufschwung. Die Einheimischen bereiteten sich vor auf den Strom von Italienern, Montenegrinern, Deutschen und Franzosen, die den Tunnel bauen sollten. Alle nahmen hohe Kredite auf, um ihre Dachböden und Scheunen zu Arbeiterwohnungen auszubauen. Ein Wirtshaus nach dem anderen wurde eröffnet, Transportunternehmen wurden gegründet, die Liegenschaftspreise stiegen ins Unermeßliche – es herrschte Hochkonjunktur. Alles wurde auf Kredit gekauft und auf Kredit geliefert, alle gingen füreinander überkreuz Bürgschaften ein, stets im Hinblick auf das nahende goldene Eisenbahnzeitalter.

Vorerst schien die Rechnung aufzugehen. Die Centralbahn machte sich tatsächlich daran, die Konkurrenz zu ihrer eigenen Hauensteinlinie zu bauen; zumindest sah es so aus. Auf beiden Seiten der Wasserfalle gingen je 250 Arbeiter ans Werk, schufteten in zwei Schichten rund um die Uhr für einen Lohn von fünf Franken und wollten nach Schichtwechsel unterhalten werden. In Mümliswil gab es kurz nach Baubeginn dreiundzwanzig Kneipen, bei 1250 Einwohnern; in Reigoldswil immerhin dreizehn. Glücksspieler reisten an, Gaukler und Damen von zweifelhaftem Ruf. Um zu verhindern, daß zuviel Geld wieder aus den Juratälern abfloß, wechselten einige Wirte und Händler den Arbeitern den Lohn zu einem besonders vorteilhaften Kurs in selbstgeprägte Münzen, die außerhalb des Dorfes keine Gültigkeit hatten. Ein Reigoldswiler Krämer namens Theodor Bieder lancierte sogar eine Tabak-Marke, den »Wasserfallen-Tabak«, dessen Markenzeichen eine aus dem Tunnel fahrende Lokomotive war.

Es soll hier nicht behauptet werden, die Centralbahn habe die Wasserfallenbahn nur zu bauen begonnen, um deren Verwirklichung letztlich zu verhindern. Aber ebensowenig möchte man seine Hand dafür ins Feuer legen, daß sie all ihr Wissen und alle Kraft in das Projekt gesteckt hätte. Denn Tatsache ist, daß die Centralbahn für den Tunnelbau eine ziemlich unerfahrene und unbekannte deutsche Firma namens »Schneider, Münch & Jerschke« engagierte. Das aber entsprach nicht den Gepflogenheiten der Centralbahn, die bald zwanzig Jahre Erfahrung hatte im Eisenbahnbau, und die bei allen anderen Bauwerken stets größten Wert auf Solidität und Qualität gelegt hatte.

Am Nachmittag des 26. Oktober 1874 wurden unter Böllerschüssen die Erdarbeiten begonnen, und am 30. Oktober meldete das Solothurner Tagblatt, offenbar schon unter bösen Vorahnungen: »Viele Arbeiter aus aller Herren Länder haben sich eingefunden; wir wollen hoffen, es werde alles so friedlich enden, wie es angefangen. Gott gebe es.«

Auf beiden Seiten des Bergs trieben die Arbeiter einen Stollen in den Kalkstein. 3520 Meter lang hätte der Tunnel werden sollen; binnen eines knappen Jahres entstand ein Loch von 1360 Metern Tiefe auf der Südseite und von vielleicht fünfhundert Metern auf der Nordseite. Schon nach wenigen Wochen aber kursierten die ersten Gerüchte. Die Einheimischen irritierte, daß »Schneider, Münch & Jerschke« offenbar so knapp bei Kasse war, daß der Materialverwalter das Petroleum für die Lampen nicht fassweise beschaffen konnte, sondern Liter für Liter beim Krämer kaufte und daß er sich mit dem Begleichen der Rechnungen sehr lange Zeit ließ. Die Ingenieure der Firma seien nichtsnutzige Dilettanten, erzählte man sich im Dorf; der Buchhalter saufe Portwein von früh bis spät, der Geometer mache seine Messungen so irgendwie über den Daumen, und überhaupt sei schon jetzt mit bloßem Auge zu erkennen, daß die zwei Tunnelstollen einander verfehlen und irgendwo in der Tiefe des Berges enden würden.

Das waren Gerüchte. Sicher ist, daß zur gleichen Zeit die Wasserfallenbahn zu Fall gebracht wurde – und zwar weder im Tunnelstollen noch im Ingenieurbüro, sondern in gut geheizten Sitzungszimmern, bei Zigarren und Portwein und vertraulichen Gesprächen. Wer bei diesen Gesprächen dabei war und worüber gesprochen wurde, weiß man nicht. Bekannt ist hingegen, was gleichzeitig draußen auf der Baustelle geschah. Nachfolgend die Meldungen des Solothurner Tagblatts.

31. Oktober 1874: »Die Centralbahn schreitet voran mit Auszahlungen für enteignetes Land. Bereits sind hierfür 70.000 Franken, bestehend in sieben Zentnern Silber, in der Amtschreiberei Balsthal angelangt.«

15. November: »Die Eisenbahnbauten rechts und links im Lande bringen merklich reges Leben ins Land. Täglich reisen in Olten eine Menge Italiener durch, die Arbeit am Wasserfallentunnel suchen. Mümliswil soll bereits eine grosse Ähnlichkeit mit Göschenen am Gotthard-Tunnel zeigen.«

19. Februar 1875: »Am 19.d. ist auf der ganzen Eisenbahnlinie ein Strike ausgebrochen. Um sieben Uhr morgens kamen sämtliche italienische Arbeiter singend ins Dorf zurück, und eine Stunde später rückten die deutschen nach. Grund dieser Arbeits-

einstellung soll sein, dass heute zum ersten Mal im Akkord sollte gearbeitet werden, und die Arbeiter behaupteten, es verdiene kein Mann per Tag Fr. 2.50, was offenbar für dergleichen Arbeiten zu wenig ist. Man ist hier gespannt, wie die Sache enden wird. Im Allgemeinen beklagen sich die Arbeiter schon längstens über zu geringen Lohn; wenn zwei Regentage in eine Woche fallen, können sie ihre Kostgeber nicht mehr befriedigen. Es sind schon bedeutende Verluste zu verzeichnen. Es muss erwähnt werden, dass auf jeden Zahltag die hiesige Polizei und die von Balsthal requiriert wird, damit die Arbeiter sich ja nicht muxen dürfen wegen zu geringem Lohn.«

16. März: »Gestern abend circa 7 Uhr hat im Hauptschacht in der Limmern eine Dynamit-Explosion stattgefunden, bei welcher fünf Personen mehr oder weniger erheblich verletzt wurden, so dass wahrscheinlich Amputationen vorgenommen werden müssen. Die Ursache dieses Unglücks konnte noch nicht genau ermittelt werden, doch scheint der Hauptgrund in der mangelhaften Beaufsichtigung von Seite der Baugesellschaft zu liegen. Gerechte Entrüstung hat bei der gesamten hiesigen Bevölkerung auch das brutale Benehmen eines Bauaufsehers hervorgerufen, welcher hiesige Bürger, die auf der Unglücksstätte zur Hilfeleistung eilten, barsch zurückweisen wollte.«

15. April: »Heute nachts 12 Uhr hat im Schacht Nr.2 der Arbeiter Jakob Baumgartner durch Bohren eines Loches in einem Stein, in dem sich noch ein alter Dynamitschuss befand, eine Explosion verursacht, die ihn beide Hände kostete und wahrscheinlich das Leben kosten wird. Der Arbeiter hat sein Schicksal selbst verschuldet, indem er nicht nach Auftrag seines Meisters bohrte.«

17. April: »Im hiesigen Bürgerspital ist gegenwärtig der ausnahmshohe Stand von 83 Kranken. Der Grund davon liegt aber nicht in einer herrschenden Epidemie, sondern in der grossen Zahl verletzter oder kranker Eisenbahnarbeiter, die in der Nähe beschäftigt sind.«

27. April: »Zur Warnung. Die in hiesiger Gegend sich aufhaltenden italienischen Eisenbahnarbeiter, welche sich bis anhin so ziemlich ruhig verhielten, fangen nun auch an, die Gegend unsicher zu machen, wie dies anderwärts geschieht, wo sie in grösserer Zahl auftreten. Vorgestern war ein Rudel dieser Südländer im Gasthaus z. »Falken« in Solothurn und misshandelte dort einen Adolph Rubitschung derart, dass er ins Spital gebracht werden musste. Das Publikum wird daher gut thun, stets ein wachsames Auge zu haben und bei nächtlichen Ausgängen auf alles gefasst zu sein. Der Chef des Landjägerkorps hat der Polizeimannschaft Ordre erteilt, die Patrouillen zu ver-

doppeln und stets mit geladenem Geschosse versehen zu sein.«

26. Mai: »Letzten Sonntag hatten die Arbeiter Zahltag. Nothwendige Folge davon war, dass es am Sonntag wieder Prügeleien und andere polizeiwidrige Auftritte absetzte. 6 Italiener wurden verhaftet.«

8. Juni: »Wie uns schon von vielen Seiten gemeldet worden war, machen sich die italienischen Eisenbahnarbeiter das Vergnügen, in den umliegenden Wäldern die jungen Vögel zu annexieren, um sich daraus einen Leckerbissen zu bereiten.«

9. Juli: »In Mümliswil wurde am Mittwoch abend dem Eisenbahnarbeiter Wendolin Feisst (Badenser) beim Abladen von Dielen das rechte Bein unter dem Knie zerschmettert. Dasselbe muss wahrscheinlich amputiert werden.«

27. Juli: »Das Gewitter vom Donnerstag hat grosse Verwüstungen an den Tunnelarbeiten angerichtet. In wenigen Augenblicken schwoll der Limmernbach zu einem schmutzigen Strome an, der eine Menge Baustangen und Bretter, Kärren etc. mit sich fort nahm, und beinahe wären auch ein Mann und ein Knabe dem tobenden Elemente zum Opfer gefallen, wenn nicht rasche Hülfe zur Hand gewesen wäre.«

28. Juli: »Die Arbeiten an der Wasserfallenbahn nehmen einen ruhigen Fortgang, obschon sich unerwartete, grosse Hindernisse diesem Werk entgegenstellen – Hindernisse und Anfeindungen, welche anfangs nicht in Sicht waren.«

30. Juli: »Am Freitag nachmittag ertranken beim Baden in der Aare drei italienische Eisenbahnarbeiter, darunter zwei Brüder, von denen der eine 16, der andere 18 Jahre alt war. Der Vater der Brüder, der auch hier arbeitet, gerieth bei der Unglückskunde fast in Verzweiflung.«

30. August: »Die Arbeiten an der Wasserfallenbahn sind bis anhin trotz mannigfachen Hindernissen ziemlich vorgerückt. Ein Übelstand macht sich hier aber wie sonst nirgends geltend und könnte leicht zu argen Excessen führen. Es sollte nämlich laut Reglement jeden dritten Sonntag des Monats die Zahlung der Arbeiter erfolgen. Solcher Zahltag war nun schon zu wiederholten Malen angesagt, bei Annäherung desselben wieder abgesagt worden, so dass jetzt nach Verfluss von 14 Tagen noch nicht abzusehen ist, wann Zahltag erfolgt. Der Grund für diese zurückhaltende Zahlung mag vielleicht bloss einzig aus Spekulation des Zinstreffnisses bei der Bauunternehmung zu suchen sein.«

26. September: »Der Regierungsrath erhielt beunruhigende Depeschen von Mümliswyl. Man fürchtete Unruhen und Gewaltthätigkeiten von Seiten der am Wasserfallentunnel beschäftigten Arbeiter, weil die Unternehmer seit 6 Wochen nicht mehr Zahltag machen. Die Regierung verstärkte die Polizei in Mümliswyl, traf Vorkehren für militärische Hülfe und sandte Hrn. Vigier als Kommissär auf Ort und Stelle. Zu gleicher Zeit benachrichtigte sie das Direktorium der Centralbahn und bat dasselbe, den Arbeitern den rückständigen Lohn auf Rechnung der Unternehmer auszubezahlen.«

27. September: »Heute Morgen haben sämtliche Arbeiter die Arbeit eingestellt und die Maschine, mit welcher gearbeitet wurde, unbrauchbar gemacht. Das Direktorium der Centralbahn aber hat den erfreulichen Beschluss gefasst, die rückständigen Löhne bis 25. September auszubezahlen, womit Conflikt und Gefahr dermalen beseitigt ist.«

Gleichzeitig mit dem letzten Lohn bekamen sämtliche Arbeiter die Kündigung, denn das Bauunternehmen »Schneider, Münch & Jerschke« war in Konkurs gegangen – im Jura erzählte man sich, daß ein gewisses Bankhaus, dessen Direktor ein Oltener war, der Firma keinen Kredit mehr geben hatte wollen. Die ausländischen Arbeiter zerstörten aus Wut Maschinen und Werkzeuge, schossen ein paar Mal mit

Pistolen aufs Baubüro und zogen fort. Dann wurde es still an der Wasserfalle.

Für die Dörfler waren die Folgen verheerend. Überall waren zerstörte Wiesen, abgesägte Obstbäume, erhoben sich die Schutthalden. Plötzlich standen die Arbeiterwohnungen leer, die mit fremdem Geld errichtet worden waren; plötzlich fehlte den Gasthäusern die Kundschaft, und die Fuhrunternehmen hatten keine Arbeit mehr. Allein in Mümliswil gingen fünfzig Familien in Konkurs. Ein Mümliswiler Bäcker, der ohne Bezahlung Brot für mehrere tausend Franken geliefert hatte, zündete eines Nachts aus Wut die Arbeiterkantine an und wanderte nach Amerika aus. Ihm folgten Dutzende, die der Heimat ebenfalls enttäuscht den Rücken kehrten.

Zwar wurde die Centralbahn vor Gericht gezwungen, den Dörfern eine Entschädigung zu zahlen. Gleichzeitig aber wurde sie der Verpflichtung, die Wasserfallenbahn umgehend zu bauen, enthoben. Interessanterweise aber hat die Centralbahn ihre Konzession immer wieder verlängern lassen, bis weit ins 20. Jahrhundert hinein; erst 1916, als mit der Eröffnung des Hauenstein-Basistunnels Oltens verkehrstechnische Vorrangstellung auf alle Zeit gefestigt war, ließ man die Konzession verfallen. Nun wäre es kühn zu behaupten, die Centralbahn habe die Konzession nur behalten, damit niemand anderes sie übernehmen konnte. Aber ebensowenig läßt sich beweisen, daß jemals die geringste Anstrengung unternommen worden wäre, die Wasserfallenbahn doch noch zu realisieren. Jedenfalls dachte man bei der Centralbahn nicht daran, wenigstens die zwei Tunnelstollen, die den vier Kilometer breiten Berg immerhin zur Hälfte durchstoßen hatten, zu sichern und zu erhalten; so zerfiel das begonnene Werk. In Mümliswil wurden 1881 die großen Steinquader, die für den Bau des Tunnelportals herbeigeschafft worden waren, für den Bau einer Brücke über den Dorfbach verwendet, wo sie heute noch zu sehen sind. Der Tunnel selbst verfiel.

Heute erinnert in Mümliswil nur noch das Wohnquartier »Linie« an den Eisenbahnbau; es steht auf dem ehemaligen Bahndamm, der mit Aushubmaterial vom Tunnelbau aufgeschüttet wurde. Hin und wieder senkt sich der Boden ein bißchen ab, so daß das eine oder andere Wohnhaus in eine schiefe Lage gerät. Auf Reigoldswiler Seite liegt vergessen im Berg ein 60 Meter tiefer Vortunnel, der hinter dem Bahnhof zum eigentlichen Wasserfallentunnel geführt hätte. Der Tunnelboden steht knietief unter Wasser, an der Decke bilden sich Stalaktiten.

In den ersten Jahrzehnten des vergangenen Jahrhunderts geschah es immer wieder, daß im Berg ein Stück Tunnel einbrach, worauf am hellichten Tag plötzlich eine Kuh im Boden versank, oder auch ein ganzer Gemüsegarten, und die Bauern sich nicht mehr getrauten, mit ihren Fuhrwerken auf die Felder zu fahren. Wie man sich im Dorf erzählt, sind noch im 20. Jahrhundert junge Burschen auf der Mümliswiler Seite durch den vertikalen Lüftungsschacht hinunter in den Tunnel geklettert und haben diesen voller Werkzeug vorgefunden, so als würden die Arbeiter jeden Augenblick zurückkehren. Wenn das stimmt, müssen es mutige und geschickte Burschen gewesen sein; denn laut den Bauplänen führte der Lüftungsschacht 125 Meter durch massiven, weißen Jurakalk in die Tiefe. Heute ist vom Schacht, der anderthalb Kilometer nördlich des Tunnelportals in einer wildzerklüfteten Schlucht lag, nicht mehr viel zu sehen. Der Einstieg ist verschüttet und nichts mehr als ein Krater von drei Metern Durchmesser, in dessen Mitte eine zwanzig Meter hohe Esche steht. In Mümliswil aber erzählen einander die alten Männer noch heute, daß sie als Buben Steine in den Schacht warfen und die Sekunden zählten, bis sie auf dem Tunnelboden aufschlugen.

Die Böse Fasnacht zu Basel

Wahrscheinlich hatte der junge Herzog Leopold III. von Habsburg, den seine Anhänger die »Zier der Ritterschaft« nannten, nur ein bißchen etwas getrunken, als er am Mittag des 26. Februar 1376 in Begleitung von hundert Vornehmen über die Rheinbrücke nach Großbasel ritt, um Fasnacht zu feiern. Niemals hätte der herrschsüchtige Fünfundzwanzigjährige es sich träumen lassen, daß seine kampferprobten, waffenklirrenden Ritter von den hemdsärmeligen Basler Bürgern verprügelt und in den Kerker geworfen, manche sogar totgeschlagen würden, und daß er selbst nur mit Müh und Not in einem Kahn über den Rhein entkommen würde.

Die Bischofsstadt war Ende des 14. Jahrhunderts ein heißes Pflaster. Es kam viel Geld in die Stadt, weil der aufblühende Orienthandel zu einem großen Teil über den Rhein und über die Alpenpässe führte. Die Basler Kaufleute wurden reich, und mit ihnen die Handwerker; sie bauten ihre strohgedeckten Holzhütten zu prächtigen steinernen Wohnhäusern aus, deckten sie mit Ziegeln und setzten Butzenscheiben in die Fenster; sie ließen die Straßen pflastern und öffentliche Brunnen bohren und erstellten herrschaftliche Verwaltungsbauten zum Zeichen ihrer wachsenden Macht. Damit aber erregten sie den Neid der verarmten städtischen Ritter, die die Fenster in ihren zugigen Wohntürmen immer noch mit ölgetränkten Leinwänden verhängten.

Der Bischof als formelles Stadtoberhaupt floh vor den aufmüpfigen Bürgern und den hochfahrenden Rittern auf seine jurassischen Landsitze und ließ sich kaum mehr in Basel blicken. Ohne ihren Schutzherrn aber hatten es die zurückbleibenden Geistlichen schwer. Gottesdienste fanden kaum mehr statt; einmal wurde ein Geistlicher von der aufgebrachten Meute aus dem bischöflichen Hof in den Rhein gestürzt. Als er sich schwimmend an Land retten wollte, wurde er aufgefischt und erschlagen.

Vor den Toren der Stadt – die mit vielleicht zehntausend Einwohnern deutlich größer war als Zürich, Bern und die anderen eidgenössischen Städte – siedelte sich das mindere und feuergefährliche Gewerbe an. Hier lebten die fahrenden Handwerker und arbeitslosen Söldner, die Mägde, Taglöhner und Bettler, die Fahrenden, Prostituierten und Spielleute, die unter Aufsicht des Henkers standen; hier schossen Kneipen und Bordelle aus dem Boden, und Schlägereien und Messerstechereien gehörten zum Alltag. Weitherum war Basel im ausgehenden Mittelalter berühmt für seine lockeren Sitten. In den umliegenden Städten erzählte man sich, in Basel seien Jungfrauen nur in der Wiege zu finden. Die Obrigkeit versuchte zwar, ein Mindestmaß an Sitte und Moral aufrechtzuerhalten, etwa indem sie lange Messer verbot oder Verordnungen zum Schutz der Prostituierten vor Zuhältern und Puffmüttern erließ; aber das half wenig, denn die Stadt verfügte nur über zwölf Ordnungshüter, und das waren übel beleumundete Kerle. Gelegentlich halfen sich die Stadtoberen, indem sie mißliebige Personen, denen auf dem Rechtsweg nicht beizukommen war, heimlich ermorden ließen.

Ganz und gar außer Kontrolle geriet das Volk jeweils während der Fasnacht, wenn bewaffnete Maskierte nachts lärmend durch die Häuser liefen, unter Drohung Essen und Trinken forderten, Wildfremde mit Ruß beschmierten oder in den nächsten Brunnen warfen. Die Obrigkeit stellte mit hilfloser Besorgnis fest, daß an der »Vassnacht die Fröud so gar schalklich und wüstlich« sich Luft verschaffe und daß »wirdig Herren und Frowen uff ihr Stuben keine Ruwe vor üch haben mögent, davon gross Kumber und Gebrest uferstan möchte«.

In jenem Februar 1376 also hatte das fasnächtliche Treiben schon wochenlang angehalten, als Leopold mit seinem hundertköpfigen Gefolge nach Großbasel aufbrach. Wäre er in Kleinbasel geblieben, so wäre ihm wohl nichts zugestoßen; am nördlichen Basler Rheinufer nämlich war er kein ungeliebter Gast, sondern – seit gut einem halben Jahr – der Hausherr. Der chronisch verschuldete Bischof hatte Kleinbasel an Leopold verpachtet, um der ärgsten Geldnot zu entgehen. Das verziehen ihm die Basler nie; denn sie wußten, daß der eroberungslustige Herzog nichts so heiß begehrte wie Großbasel, das als Fremdkörper inmitten seiner Ländereien am Rhein und im Jura lag. Nur einen Monat vor der Fasnacht 1376 kam er diesem Ziel noch einen Schritt näher, als ihm Kaiser Karl IV. die Reichsvogtei über Basel übertrug, die bisher stets ein Basler Ritter innegehabt hatte. Damit war Leopold oberster Basler Blutrichter und hatte jederzeit freien Zugang zur Stadt.

Der 26. Februar 1376 war Dienstag vor Aschermittwoch, also der letzte Fasnachtstag. In den Domherren- und Adelshöfen des Großbasler Burgbezirks waren Bankette mit Damenbeteiligung angesagt, und auf dem Münsterplatz sollte ein großes Turnier stattfinden. In einer langgezogenen Zweierreihe zogen die Edlen hoch zu Roß über die Rheinbrücke, Herzog Leopold in stolzem Harnisch und schwer bewaffnet an der Spitze. Manche waren wohl noch verkatert vom Vortag, manche schon wieder lustig vom morgendlichen Frühschoppen. Denn das herzogliche Gefolge war in den letzten Tagen mehrmals zur Fasnacht nach Großbasel gezogen, der nervösen Bürgerschaft entgegen; aber dieses Mal sollte für Jahrzehnte das letzte Mal sein.

Gewiß verstießen die Basler Bürger gegen die Gesetze der Gastfreundschaft, als sie die adligen Herren verprügelten. Vielleicht hatten sie sich dazu hinreißen lassen, weil während der Fasnachtstage der Wein in Strömen geflossen war – vielleicht auch, weil die ritterliche Entourage des Herzogs eine unerträglich hochmütige und dünkelhafte Bande war; vielleicht aber gingen die Basler auch vorschnell von der Verteidigung zum Gegenangriff über, weil sie in der jüngsten Vergangenheit von erstaunlich vielen Katastrophen heimgesucht worden waren.

Vier Mal in den letzten hundert Jahren hatte Feuer ganze Stadtteile in Schutt und Asche gelegt. Beim Hochwasser 1339 waren im Barfüßerfriedhof die Toten freigespült und weggeschwemmt worden. 1340 war die Rheinbrücke eingestürzt und 1346 die Pfalzmauer, und das große Erdbeben von 1356 hatte die Stadt fast vollständig zerstört. Hinzu kamen Mißernten, Kriege, Hungersnöte, und das schrecklichste von allen Unglücken: die Pest. In Europa seit der Antike verschwunden, war sie 1347/48 vermutlich von fahrenden Kaufleuten aus dem Orient über die Mittelmeerhäfen wieder eingeschleppt worden. In den europäischen Städten mit ihren offenen Kloaken, verkoteten Gassen und gärenden Müllhalden breitete sich der Schwarze Tod rasend schnell aus. In Basel sprach man von fünftausend Toten. Und genauso schnell wie der Pestbazillus verbreitete sich unter schlichten und arglistigen Gemütern das Gerücht, daß die Schuld an der Seuche niemand anders als die Juden der Stadt trügen, weil diese vorsätzlich die Brunnen der Christenheit vergifteten. Als in Bern,

Zofingen und Basel mehrere Juden Geständnisse ablegten, nachdem ihnen der Folterknecht die Handgelenke gebrochen und die Daumen zerquetscht hatte, gerieten die Zünftler in Aufruhr. Die Basler Oberschicht – die bei jüdischen Kreditgebern erheblich verschuldet war – schürte den Volkszorn nach Kräften und wusch anschließend ihre Hände in Unschuld, als der Mob die Juden auf einer Rheininsel an der Birsigmündung zusammentrieb, in einem eigens dafür errichteten Holzhaus einsperrte und lebendigen Leibes verbrannte. Weil dann aber in den folgenden Wochen die Seuche trotzdem weiter wütete, regte sich – vor allem in der Oberschicht – der Drang nach Versöhnung mit dem zürnenden Gott, und die Menschen erlegten sich Bußen auf und peinigten sich bis aufs Blut. In großen Scharen zogen die Büßer durchs Land, schleppten mächtige Kreuze und ließen zweimal täglich die Büßermäntel fallen, um sich mit Geißeln selbst zu zerfleischen und den Allmächtigen milde zu stimmen. Aus Basel wanderten hundert der angesehensten Bürger als Geißler nach Avignon, um vor den Augen des Papstes Buße zu tun. Aber der wollte von diesen außerkirchlichen Riten nichts wissen und empfing die Basler nicht, worauf ihnen nichts anderes übrigblieb, als betend und sich geißelnd wieder heimwärts zu ziehen. Erst mit dem Erlöschen der Pest, heißt es in einer Chronik, habe die Welt wieder angefangen zu leben und fröhlich zu sein.

In übermütiger Laune zog also die österreichische Ritterschaft an jenem Fasnachtsdienstag 1376 über die Rheinbrücke und stieg links hoch zur Pfalz, um auf dem Münsterplatz ein Turnier abzuhalten. Vielleicht war es nur als Spaß gemeint, als einige Ritter mutwillig ihre Pferde in die zuschauenden Handwerksleute lenkten; vielleicht war es auch scherzhaft gedacht, als ein paar Speere in die Menge flogen. Nur verstanden die Bürger den Spaß nicht, sondern sahen darin einen Überfall. Plötzlich ging alles sehr schnell. Die Glocken läuteten Sturm. »Do wurdent sy zornig und schalkhafftig«, heißt es in der Röteler Chronik, »und schruwent zu dem harnesche, und hiessent damit an die glocken schlagen und zugent mit iren pannern uff di Burg«. Alle scharten sich um die Banner ihrer Zünfte – die Kaufleute, Schmiede, Gerber und Schuhmacher, Schneider und Kürschner, Bauleute, Fischer und Schiffer –, stürmten hinauf zum Münster und überfielen die verdutzten Ritter, die vor dem anstürmenden Volk die Flucht ergriffen, soweit es ihnen noch möglich war; der Herzog selbst kletterte in höchster Not von der Pfalz hinunter ans Rheinufer und rettete sich in einem Kahn hinüber nach Kleinbasel. Im Eptingerhof an der Rittergasse aber, wo die größte Adelsgesellschaft beisammen war, floß Blut. Die aufgebrachten Handwerker »huwent da das thor uff und uberluffent da die frowen und herren, und erslugent da drye edelman und ettwie manigen armen knecht«. Die drei getöteten Edelmänner waren Hannemann von Ongersheim, Wilhelm vom Stein und der gräflich freiburgische Jäger Hans Hasenschnur; Namen und Anzahl der erschlagenen »armen Knecht« hat kein Chronist festgehalten.

Einigen Vornehmen, unter ihnen Graf Eugen von Freiburg, gelang die Flucht durch die Hintertür. Da stieg vor dem Eptingerhof Zunftmeister Peter von Laufen auf den Rand des Brunnens und beschwor seine Mitbürger, »das man nieman me sluge und iederman gefangen neme«. Darauf wurden weit über hundert adlige Fasnächtler von den Bürgern festgenommen und in den Kerkern eingesperrt.

Die revoltierenden Handwerker jubelten über ihre illustren Gefangenen: da waren der Graf Walraf von Tierstein, Rudolf und Hänsel von Habsburg, Hug und Heinrich von Montfort, Hans von Greyerz, Markgraf Rudolf von Hochberg, Freiherr Johann Ulrich von Hasenburg, zudem zahlreiche Ritter und Edelknechte aus dem Sundgau und Aargau, aus Schwaben, Tirol, Krain, Österreich, der Bischof von Chur, zwei Domherren von Straßburg, ein Chorherr aus Augsburg, und eine ganze Anzahl Schreiber, Beamte und Diener der Edlen.

Aber der Triumph war kurz, die Ernüchterung bitter, die Rache Herzog Leopolds hart. Zwar verurteilte der obrigkeitliche Rat die Revolte der Handwerker umgehend und tat der Welt kund, daß »fremdes Volk und böse Buben« hinter dem Aufstand steckten. Zwölf Rädelsführer wurden herausgegriffen, und wenige Tage später »schlugent die von Basel der gemeinde ettlichen die koepffe abe«. Die öffentliche Hinrichtung fand statt auf dem Kornmarkt, dem heutigen Marktplatz. Die adligen Herren wurden umgehend freigelassen, unter der Bedingung, daß sie einen Sühnebrief unterzeichneten und mit ihren Siegel versahen. Graf Hänsel von Habsburg etwa hat darin »zu den heiligen gesworn«, daß weder er noch einer seiner Diener oder Nachfahren jemals Rache nehme für die in Basel erlittene Unbill.

So glimpflich aber wollte der beleidigte Herzog Leopold von Habsburg die Basler nicht davonkommen lassen. Er trug die Angelegenheit als Landfriedensbruch vor den Kaiser, worauf der die Reichsacht über Basel verhängte – eine sehr schwere Strafe. Die Stadt war nun aus der Rechts- und Friedensgemeinschaft des Deutschen Reiches ausgeschlossen und durfte ungestraft von jedem angegriffen oder geschädigt werden. Das kam den Adligen der Umgebung gelegen; im Frühling 1376 piesakten sie die Basler, wo sie sie fanden. Diese büßten einen, zwei, drei Monate lang, dann flehten sie Leopold um Versöhnung an. Die gewährte ihnen der stolze Herzog – gegen reichliche Bezahlung und unter der Bedingung, daß die Stadt sich ihm unterwarf wie irgendein österreichisches Landstädtchen und daß sie ihm und seinem Bruder Albrecht lebenslang diente gegen jedermann außer gegen den Papst, den Kaiser und den Bischof von Basel. Die neue Macht spielte Leopold ohne Schonung aus; auf seinen Befehl folgte im August ein zweites Strafgericht, bei dem neun angesehene Basler Bürger als Aufrührer geköpft und viele weitere enteignet und aus der Stadt verbannt wurden. Zugleich kehrten die städtischen Ritter an die Macht zurück, regierten in enger Freundschaft mit den Österreichern und genossen wieder ihre alten Privilegien.

Lange Zeit schien es, als hätte die stolze Stadt am Rheinknie wegen eines Fasnachtsstreichs ihre Unabhängigkeit für immer verloren. Genau zehn Jahre nach der Bösen Fasnacht aber geschah es, daß Herzog Leopold mit den Eidgenossen in Streit geriet, weil Luzern das habsburgische Entlebuch in Besitz nahm und im österreichischen Städtchen Sempach einmarschierte.

Das ließ sich der Herzog nicht bieten. Im Frühling 1386 rief er alle ihm zugewandten Ritter und Fürsten zusammen, erst in Kleinbasel, dann in Brugg, und warb Landsknechte aus halb Europa an. Mit einer glänzenden Rittermacht, die zu jener Zeit wohl ihresgleichen nicht hatte in der Welt, zog er in die Innerschweiz, den Eidgenossen entgegen. Am 9. Juli kam es in Sempach zu einem fürchterlichen Gemetzel, das die Eidgenossen für sich entschieden. Herzog Leopold von Habsburg, noch keine 36 Jahre alt, verblutete auf dem Schlachtfeld und mit ihm die Blüte des österreichischen Rittertums sowie zahlreiche Stadtbasler Adelige, die an der Seite des Herzogs gekämpft hatten.

Für die Basler Bürger war das sehr erfreulich. Sie kauften dem trauernden Haus Habsburg sämtliche Rechte über Groß- und Kleinbasel ab. Nach zehn Jahren der Unterwerfung und des Stillstands wuchs und gedieh die Stadt wieder wie vor der Bösen Fasnacht; immer weiter entfernte sie sich aus dem habsburgischen Machtbereich, und als Basel 1501 der Eidgenossenschaft beitrat, war die Macht des Adels für alle Zeit gebrochen.

Erst zweiundfünfzig Jahre nach der Bösen Fasnacht fand am Rheinknie wieder ein Ritterturnier statt. Im Januar 1428 traf der als unschlagbar geltende spanische Ritter Juan de Merlo ein, und der Basler Ritter Heinrich von Ramstein nahm dessen Herausforderung zum Kampf an. Die Obrigkeit gab ihre Einwilligung, allerdings unter strengsten Sicherheitsvorkehrungen, damit das Turnier, das übrigens in Cervantes' »Don Quichote« erwähnt wird, nicht wieder in eine Revolte ausartete. So war es am Tag des Turniers verboten, Schneebälle zu werfen, sich zu maskieren oder den Kampf in irgendeiner Weise zu stören. Die Wachen an den Toren wurden verstärkt und die Zünfte in Alarmbereitschaft versetzt. Die Glockenseile wurden eingezogen, damit niemand Sturm läuten konnte. Den Frauen wurde befohlen, zu Hause zu bleiben und auf die Kinder und das Feuer achtzugeben, und Unbefugten war das Betreten des Münsterplatzes streng untersagt.

Der Kampf ging über einen Wurf mit der Schleuder, je fünfzig Schläge mit Streitaxt und Schwert sowie dreißig Hiebe mit dem Degen. Diesmal verlief das Turnier ohne Zwischenfälle. Der Einheimische Heinrich von Ramstein trotzte dem gefürchteten Spanier zur allseitigen Genugtuung ein Unentschieden ab; Juan de Merlo wurde ehrenhalber zum Ritter geschlagen, und unmittelbar nach dem Kampf bebte laut Angaben der Basler Chronisten kurz und leicht die Erde.

Die drei Tellen

Am frühen Morgen des 29. September 1653 legten sich im Entlebuch drei schon nicht mehr ganz jugendliche Halbstarke auf die Lauer, um den Luzerner Landvogt und den Schultheißen totzuschießen. Das war das Ende des Bauernkriegs – des einzigen großen Volksaufstands, den es in der Schweiz je gegeben hat. Alle drei waren als Wilhelm Tell verkleidet mit schwarzen und roten Kostümen und weißen Kreuzen auf der Brust, und jeder hatte eine Pistole und ein Seitengewehr bei sich. Als Ort des Attentats wählten sie den »Büggenschachen«, eine hohle Gasse bei der Brücke zwischen Schüpfheim und Hasle, durch die die vornehmen Herren kommen mußten.

Wahrscheinlich war's an jenem Morgen herbstlich kühl im sanften Voralpental. Vielleicht lag Nebel im waldigen Talboden, und bestimmt konnten die drei Tellen schon von weitem das Hufgeklapper der obrigkeitlichen Pferde hören. Als der Landvogt und der Schultheiß samt Gefolge nah genug heran waren, schoß als erster der Schüpfheimer Wirtesohn Caspar Undernärer, 33 Jahre alt und verheiratet, aber noch immer wohnhaft bei seinem Vater im Gasthof »Zum Weißen Kreuz«. Sein Geschoß verfehlte den Landvogt, traf aber immerhin einen Gefolgsmann mitten ins Herz – worauf Undernärer ausrief, jetzt habe er »den dellen Schuss gethan«.

Dann feuerten auch die beiden andern.

Der jüngste im Trio, der 22jährige Hans Stadelmann, wohl Sohn kleiner Schüpfheimer Bauern und wohnhaft unter dem Dach seiner Eltern, war ein feuriger Bursche, der sich sehr wichtig nahm, pompöse Briefe an den französischen Gesandten in Solothurn schickte und diese wie Staatsakten zeichnete. Auch seine Kugel verfehlte ihr Ziel und durchbohrte statt des Schultheißen dessen Pferd.

Schließlich schoß der dritte Tell, der Ueli Dahinden hieß und sein Brot als Holzfäller verdiente. Obwohl noch ledig, führte er schon einen kleinen Hausstand, der aus »einem alten hüsly und einem garten bet den 4 theill« sowie zwei Betten, vier Kühen, zwei Kochtöpfen und zahlreichen Äxten und Beilen bestand. Auch er traf weder den Schultheißen noch den Landvogt; sein Geschoß blieb in der Nase eines Pferdes stecken.

Als alle Pistolen und Gewehre leergeschossen waren, flohen die drei durchs Unterholz in Richtung Schüpfheim, während die vornehmen Herren ihre scheuenden Pferde in Zaum zu bekommen versuchten. Bis zum Elternhaus des jungen Stadelmann, das abseits des Dorfes auf einem Hügel stand, war es nicht weit; als ein obrigkeitlicher Reiter die Kunde vom Überfall ins Dorf trug und die Kirchenglocke Sturm läutete, saßen die drei Tellen schon in der guten Stube und ließen sich von der Schwester des Stadelmann verköstigen. Dann ging die Schwester ins

Dorf, um herauszufinden, was die Schüpfheimer vom Tyrannenmord hielten. Sie kam mit der beruhigenden Nachricht zurück, daß man im Dorf nur gelacht habe und gemeint, »es sei wohl gegangen« und werde den drei Tellen »niemand nüt leids thun«. Da wagten sich Stadelmann, Dahinden und Undernärer ins Dorf – und tatsächlich: Im ganzen Ort ließ sich niemand vernehmen, der ihre Tat mißbilligt hätte. Auf dem Dorfplatz wurden sie mit Wein bewirtet, und den Abend verbrachten sie mit den Würdenträgern im Rathaus. Am nächsten Morgen dann gingen sie – prächtig anzuschauen in ihren Tellenkostümen und stolz die Mordwaffen vor sich hertragend – zur Heiligen Messe.

Den Entlebucher Bauern ging es schlecht in jenem Jahr 1653. Während des Dreißigjährigen Krieges hatten sie glänzende Geschäfte gemacht und ihre Waren zu immer höheren Preisen ins kriegsversehrte Deutschland exportiert; marodierende Söldnerbanden hatten Hunderttausende von deutschen Bauern getötet oder in die Flucht geschlagen, ihre Höfe in Brand gesteckt und die Frucht auf den Feldern niedergetrampelt. Jetzt war Friede, und die Preise für Käse, Vieh, Hafer und Dinkel fielen ins Bodenlose. In Zeiten der Hochkonjunktur aber hatten die Entlebucher Bauern bei den Luzerner Patriziern hohe Kredite aufgenommen, um ihre Höfe zu erweitern und auszubauen. Jetzt drückten schwer die Hypothekarzinsen, und viele einst reiche Bauern standen mit ihren prächtigen Höfen vor dem Bankrott.

Die Luzerner Obrigkeit bestand umso dringender auf pünktlicher Bezahlung der Zinsen, als nach dem Westfälischen Frieden 1648 auch ihre wichtigste Einnahmequelle, der Verleih von Söldnern, versiegt war. Um die Bauern zum Zahlen zu bewegen, bedienten sich die obrigkeitlichen Schuldeneintreiber brutalster Methoden. Eine bestand darin, daß der Schuldenbote anreiste und es sich im Wirtshaus wohl ergehen ließ – und zwar auf Kosten des verschuldeten Bauern, und so lange, bis dieser seine Schuld beglichen hatte. Das konnte Tage, Wochen oder Monate dauern.

Nebst dem Schuldendienst lastete schwer auf den Landbewohnern, daß die städtische Oberschicht sich immer aristokratischer und autoritärer gebärdete, den Landbewohnern nach und nach ihre althergebrachte Autonomie in Verwaltung und Rechtssprechung entzog und immer neue Abgaben erfand. Zölle und Weggelder wurden erhöht, die Weinsteuer auf Most ausgedehnt, eine neue Exportsteuer auf Vieh, Leder und Wolle erhoben. Zudem machte den Bauern zu schaffen, daß die Städte das Monopol für den Salzhandel an sich rissen und eifersüchtig darüber wachten. Wenn ein Bauer das für die Viehzucht so wichtige Salz von auswärts ins Land schmuggelte, wurde er zur Strafe in fremde Kriegsdienste oder als Galeerenhäftling nach Venedig geschickt.

Das Maß war schließlich voll, als die Obrigkeiten von Bern und Luzern im Dezember 1652 gleichzeitig eine Münzabwertung beschlossen, und zwar mit einer Übergangsfrist von nur drei Tagen. Wer seine Schuld nicht binnen dieser Frist zum alten Kurs beglich, mußte es eben zum neuen tun – und hatte auf einen Schlag doppelt so hohe Schulden. Das wollten sich die stolzen Entlebucher Bauern nicht bieten lassen; an einer geheimen Landsgemeinde beschlossen sie, daß eine Delegation in die Hauptstadt reisen solle, um mit der Herrschaft zu verhandeln. Sie verlangten, daß die Abwertung rückgängig gemacht und die Salzsteuer aufgehoben werde und daß die Bauern ihre Hypothekarzinsen künftig in Naturalien entrichten konnten. Die Regierung aber wies alles ab und drohte den Bauern, man werde ihnen »mit 400 bis 500 schuß- und stichfesten Welschen« leicht beikommen.

Da brach im Entlebuch die offene Revolte aus.

Es war eine kleine Horde von vielleicht zwanzig zornigen Männern, die am Morgen des 6. Februar 1653 aus dem Dorf Marbach im allerhintersten Entlebuch nach dem Hauptort Schüpfheim aufbrach. Sie waren mit Knüppeln bewaffnet, und ihr Anführer war der Marbacher Gastwirt Christian Schibi, ein gewaltiger Mann von herkulischen Kräften, der lange Jahre als Söldner auf italienischen Schlachtfeldern gewirkt hatte, bevor er ins väterliche Wirtshaus heimkehrte. Während die Horde durchs Tal zog, strömten von überall her unzufriedene Bauern zu ihnen, und als sie nach einem Marsch von siebzehn Kilometern kurz vor Mittag in Schüpfheim anlangten, war die Schar schon auf sechzig Mann angewachsen. Ein Luzerner Bote, der sich gerade im Gasthof zum »Weißen Kreuz« aufhielt, rapportierte erschreckt in die Hauptstadt, daß »sie mit den Knütteln zue par und par by zwo gigen (...) in dem Dorf umbgezogen sind«. Nach dem Umzug erhielt der Dorfschmied den Auftrag, fünfhundert hölzerne Knüppel mit eisernen »stachligen stäffzgen«, das heißt mit spitzen Nägeln, zu versehen.

Von da an war der Brand nicht mehr zu löschen. In jedem Dorf, in jeder Ecke des Tals tauchten die Unzufriedenen auf, führten als Erkennungszeichen nägelbesetzte Knüppel mit sich und zogen in Scharen von Ort zu Ort. Am 10. Februar 1653 versammelten sich alle Entlebucher Untertanen zu einer Prozession mit anschließender Landsgemeinde hoch über dem Tal bei der Wallfahrtskirche Heilig Kreuz, in welcher nach jahrhundertelanger Odyssee übers ganze Mittelmeer wundersamerweise zwei Splitter vom Kreuz Christi gelandet waren. Sie beschlossen einhellig, »dass sie kein zins noch zehnden mer wollen geben, wan die gnädigen Herren die sid 50 oder 60 jaren dem land gemachten neuwerungen nit werden abheben«. Dann wählten sie drei Anführer und leisteten den Eid, »darby zu leben und zu sterben«.

Am 15. Februar 1653 hatten die drei Tellen ihren großen Auftritt. Am Tag zuvor war der Schultheiß aus Luzern nach Schüpfheim gereist, um nach dem Rechten zu sehen und die Untertanen zur Ordnung zu rufen. Statt dessen hielten diese mit ihren Knüppeln eine eigentliche Militärparade ab. An der Spitze von 1400 knüppelbewehrten Männern marschierten drei Alphornbläser durchs Dorf, in der zweiten Reihe Christian Schibi und die beiden anderen Anführer, in der dritten Reihe die drei Tellen. Caspar Undernärer trug Armbrust und Köcher und repräsentierte den Tell. Neben ihm schritt Ulrich Dahinden, der »einen Sack und drei stein darinnen« mit sich trug und »den Stauffacher von Schwytzend fürbilden sollen«. Der dritte Tell war damals noch nicht der junge Stadelmann, sondern ein Schüpfheimer namens Hans Zemp, »und der habe ein ax getragen und Erne im Melchtal bedüten sollen.« Auf die Idee, die drei Tellen als Symbolfiguren des Aufstands ins Leben zu rufen, war ein reicher Schüpfheimer Bauer gekommen. Er hatte die Kostüme bezahlt und dafür gesorgt, daß es den Tellen an nichts fehlte.

Binnen weniger Tage und Wochen weitete sich der Aufstand auf die übrigen Luzerner Landgebiete aus, dann auch auf die Kantone Bern, Basel und Solothurn. Überall fanden Versammlungen statt, überall riefen die reichsten Bauern zum Widerstand auf, und überall war der nägelbesetzte Knüppel das Symbol des Aufbegehrens gegen die aristokratischen Städte.

Am 15. März zogen dreitausend bewaffnete Entlebucher Bauern nach Luzern, um ihren Forderungen Nachdruck zu verleihen. Die Regierung ließ ängstlich die Stadttore schließen und gab in allen Punkten nach, worauf die Bauern naiv zufrieden heimkehrten.

Schon zwei Tage später aber, am 17. März 1653, trafen sich die Luzerner Noblen mit jenen der anderen Kantone in Baden zur eidgenössischen Tagsatzung. Sie tauschten ihre schwere Besorgnis über den Bauernaufstand im Luzernischen aus und beschlossen, ein Exempel zu statuieren. In einem Manifest wurden die Bauern scharf zu gottesfürchtigem Gehorsam ermahnt – und falls nicht sofort wieder Ruhe und Ordnung einkehre, werde man Soldaten ins Land schicken.

Diese Strafpredigt war nun aber nicht geeignet, die bäuerlichen Gemüter zu besänftigen. Bei den Aufständischen reifte der Plan, dem Herrenbund der Tagsatzung einen überregionalen Bauernbund entgegenzustellen.

Am 23. April versammelten sich im bernischen Sumiswald erstmals Aufständische aus allen Unruhegebieten. Sie wählten den Emmentaler Bauern Niklaus Leuenberger zu ihrem Anführer und versprachen einander Unterstützung gegen die Obrigkeit. Drei Wochen später versammelten sich in Huttwil erneut dreitausend Bauern, um den Bund zu beschwören, und eine weitere Woche später rückten sechzehntausend Bauern auf Bern vor und schnitten die Stadt von der Lebensmittelzufuhr ab. Nach einwöchiger Belagerung versprach die Berner Regierung, die überhöhten Steuern wieder zu senken, neue Abgaben abzuschaffen, dem Bauernheer eine Kriegsentschädigung von fünfzigtausend Pfund zu zahlen und auf Rache gegenüber den Bauernführern zu verzichten. Die Bauern ihrerseits gelobten kampflosen Abzug, Auflösung des Bauernheeres und künftigen Gehorsam gegenüber der Obrigkeit.

Die Bauern hielten ihr Versprechen, die Aristokraten nicht. Die beleidigte Regierungshoheit stellte mithilfe der anderen eidgenössischen Orte ein Heer zusammen, um die Aufständischen blutig zu bestrafen. Zehn Tage und mehrere kleine Gefechte später – von denen jedes einzelne eine einzige Bauernschlächterei war, denn die Bauern kämpften mit Knüppeln und Hellebarden, die Soldaten aber mit Musketen und Kanonen – fand der Bauernkrieg ein Ende. Die Obrigkeit hielt grausam Gericht über die Bauern. Die wichtigsten Anführer wie Leuenberger und Schibi wurden grauenhaft gefoltert, dann enthauptet und gevierteilt. Andere wurden zur Strafe auf venezianische Galeeren verschachert oder zum Kriegsdienst gegen die Türken verurteilt, was der Todesstrafe gleichkam, oder auch nur gebrandmarkt, auf ewig aus der Heimat verbannt oder mit unbezahlbaren Geldbußen belegt.

Die drei Tellen waren entwischt und zusammen mit anderen Anführern in die wilde, einsame Berggegend um den Hohgant, die Schrattenfluh und den Nordhang des Brienzer Rothorns geflüchtet. Ende Juni suchten tausend luzernische Soldaten unermüdlich auf »Berg und thal, alp und weyden« nach ihnen; denn erst wenn die Symbolfiguren des Aufstands gefangen, abgeurteilt und hingerichtet wären, würde wieder Ruhe im Volk einkehren.

Undernärer, Dahinden, Zemp und die anderen Entflohenen versteckten sich in entlegenen Ställen und Alphütten, ließen sich von Schwestern und Müttern mit Nahrungsmitteln versorgen und schauten wohl von hoch oben hinunter ins Tal, wo die Soldaten ohne Hoffnung sämtliche Scheunen und Ställe durchkämmten. Gewiß fiel es den vogelfreien Bauern und Handwerkern schwer, einen ganzen Sommer mit Nichtstun zu verbringen, zumal in Sichtweite ihrer Höfe. So stieg bald einer nach dem anderen hinunter ins Tal, um sein gewohntes Leben wieder aufzunehmen, und hoffte dabei auf die Milde der Obrigkeit oder auf deren Vergeßlichkeit.

Schließlich nahm auch einer der Tellen seinen Abschied. Ende Juli oder Anfang August 1653 floh Hans Zemp vor der sicheren Todesstrafe ins Elsaß. Sein Kostüm übernahm der junge Bauernbub Hans Stadelmann, der sich dadurch hervorgetan hatte, daß er einem Gesandten der eidgenössischen Tagsatzung gewaltsam den Bart scherte. Der zweiundzwanzigjährige Revolutionär gab den Aufstand noch längst nicht verloren. Am 19. August schrieb er einen Brief an den französischen Gesandten Jean de la Barde in Solothurn und bot ihm Hilfstruppen aus dem Entlebuch an für den Fall, daß Frankreich gegen Bern in den Krieg ziehen sollte.

Unten im Tal sahen die luzernischen Häscher bald ein, daß sie die Bauernführer auf eigene Faust niemals finden würden im weitläufigen, zerklüfteten Bergland. Also versuchten sie, das eisige Schweigen, das ihnen die Dörfler entgegenbrachten, mit Bestechung zu durchbrechen. Auf jeden Gesuchten wurde ein Kopfgeld ausgesetzt – hundert Gulden für jeden, der lebendig, und fünfzig Gulden für jeden, der tot abgeliefert wurde.

Aber es kam kein einziger Gulden Kopfgeld zur Auszahlung. Im ganzen Entlebuch fand sich niemand, der das Versteck der Aufständischen verraten hätte; aber die Erbitterung über den Wortbruch der Herrschaft und die Härte der obrigkeitlichen Strafen verschaffte sich immer lauter Luft. Als dann auch noch am 27. September der Schultheiß Dulliker im Entlebuch einritt, um nach zweijährig wiederkehrendem Ritus den Treueeid der Untertanen entgegenzunehmen, kochte der Volkszorn über. Überall kam es nachts zu geheimen, bei Todesstrafe verbotenen Zusammenkünften, schon wurden wieder Knüppel geschnitzt, Pläne geschmiedet und Treueeide geleistet – und die drei Tellen beschlossen in der Nacht zum 28. September, sich im »Büggenschachen« auf die Lauer zu legen.

Als dann drei Tage nach dem Attentat vierzig Soldaten ins Tal einmarschierten, um die drei Tellen zu fangen, brach die bereits totgeglaubte Revolte noch einmal aus. Am 1. Oktober rüsteten sich Caspar Undernärer, Ulrich Dahinden, Hans Stadelmann und etwa zweihundert weitere Schüpfheimer aufs neue mit Prügeln aus, liefen den Soldaten entgegen und versperrten ihnen an der Brücke beim Büggenschachen den Weg. Die Soldaten wichen zurück – und kehrten am 5. Oktober mit mehreren hundert Mann Verstärkung zurück. Da legten die Schüpfheimer entmutigt ihre Knüppel beiseite und gingen nach Hause, und die drei Tellen flohen wieder in die Berge.

Diesmal machten sich die Soldaten gar nicht erst auf die Suche nach den Attentätern, sondern übten sich in psychologischer Kriegführung. Sie folterten Caspar Undernärers Frau, damit sie ihnen das Versteck der Tellen verrate. Sie steckten dessen Vater und Bruder in den Turm von Schüpfheim. Und als das alles nichts half, wurde erneut ein Kopfgeld von zweihundert Gulden ausgesetzt. Das half.

Drei, vier Tage hielt die Mauer des Schweigens stand, dann erlag irgendein Schüpfheimer, dessen Namen die Obrigkeit wohlweislich stets geheimgehalten hat, der Versuchung. Am 8. Oktober erhielt er 200 Gulden Lohn dafür, daß er das Versteck der Tellen ausgekundschaftet und dem Kommandanten der Besatzungstruppen verraten hatte. Es handelte sich um eine verlassene Scheune am Südhang über Schüpfheim, von der aus man eine schöne Aussicht aufs Dorf hatte. Sofort schickte der Kommandant einen Trupp aus und ließ die Scheune umstellen. Aber nur zwei der drei Tellen waren noch da, der dritte, der junge Hans Stadelmann, hatte sich aus dem Staub gemacht. Undernärer und Dahinden versteckten sich erst im Heu, dann flohen sie aufs Scheunendach. Während der eine mit einem Schwert die Soldaten zurücktrieb, schleuderte der andere große Steine, mit denen das Schindeldach beschwert war, auf sie hinunter. Da blieb den Soldaten – die strikte Anweisung hatten, die Tellen lebendig zu fangen – nichts anderes übrig, als die beiden vom Dach zu schießen wie Krähen von den Bäumen.

Dem jungen Hans Stadelmann gelang die Flucht ins Elsaß, wo er ein paar Monate lang mit Hans Zemp, seinem Vorgänger im Tellenamt, zusammenlebte. Acht Monate später aber kehrten sie, vermutlich von Heimweh geplagt, ins Entlebuch zurück und versteckten sich in den Bergen. Aus den Quellen im

Staatsarchiv Luzern geht hervor, daß sie beide unabhängig voneinander der Luzerner Obrigkeit einen Handel anboten: Sie wollten sich stellen und ihre Waffen niederlegen, wenn sie mit einer milden Strafe rechnen konnten. Die Obrigkeit ging nur auf das Angebot des Hans Zemp ein, der beim Attentat im Büggenschachen ja nicht dabeigewesen war. Am 18. Juni 1654 erhielt dieser die Begnadigung zugesichert, falls er Stadelmann »lebendig zu unseren handen liefern« würde.

So geschah es. Während Zemp begnadigt wurde, vollstreckte der Henker am 15. Juli 1654 das Urteil an Hans Stadelmann. Er wurde enthauptet, sein Kopf auf den Haberturm gespießt und sein Leib auf dem Hochgericht von Luzern aufs Rad geflochten.

Damit waren die drei Tellen wieder vereint. Nachdem nämlich zehn Monate zuvor Undernärer und Dahinden vom Dach geschossen worden waren, hatte man ihre Leichen nach Luzern geschleppt und ihnen den Prozeß gemacht, als ob sie noch am Leben wären. Am 9. Oktober 1653 wurden die beiden Toten öffentlich enthauptet. Undernärers Leichnam wurde gevierteilt und je ein Teil in den Dörfern Willisau, Entlebuch, Buholz und Münster öffentlich aufgehängt. Dahindens Kopf und rechte Hand wurden in Entlebuch ausgestellt, der Leib gerädert.

Im Entlebuch erzählt man sich – aber historisch gesichert ist das nicht –, daß die Leichenteile fast hundertfünfzig Jahre lang zur Schau gestellt blieben, als ewiges Mahnmal an die Bauern, und daß die geschundenen Leiber der drei Tellen erst Frieden in der Erde fanden, als im Frühling 1798 die französischen Revolutionstruppen das Ancien Régime hinwegfegten.

Der Italienerkrawall in Zürich

Am letzten Abend seines Lebens war der übelbeleumundete Elsässer Scherenschleifer Alois Remetter ausgiebig durch die Kneipen des Zürcher Arbeiterviertels Außersihl gezogen. Dann lief er nach Hause, um sich mit seinem Stock zu bewaffnen, der Messingbeschläge und eine Eisenspitze hatte. Schwül und heiß war's in jener Nacht von Samstag auf Sonntag, den 26. Juli 1896. Die Arbeiter hatten die Taschen voller Geld, in den schwach beleuchteten Straßen ging es hoch her, und aus den Fenstern der Italienerkneipen drangen noch lang nach Mitternacht Gesang und Gelächter. Bevor Alois Remetter nachts um halb zwei mit seinem Stock aus dem Haus lief, nahm er laut Polizeiprotokoll Abschied von seiner jungen Frau Angela, die ihm zwei Wochen zuvor einen zweiten Sohn namens Alois Cäsar geboren hatte (der erstgeborene hieß Prosper), und sagte: »Die Tschinggen sind wieder in der Nähe. Wenn ich einen von ihnen erwische, geht es dem nicht gut!«

Als »Tschinggen« bezeichneten Remetter und seine Freunde die italienischen Bau- und Fabrikarbeiter, weil sie seltsame Kartenspiele spielten und dabei dauernd fünf gespreizte Finger vorstreckten und »Cinque! Cinque!« riefen. Zu Zehntausenden waren sie in den letzten Jahrzehnten des 19. Jahrhunderts über die Alpen eingewandert, um Eisenbahnen, Fabriken und ganze Städte neu zu bauen in dem Land, das schon bald das reichste der Welt sein sollte. In jenem Sommer 1896 lebten in Außersihl, das noch vor wenigen Jahrzehnten ein stilles Bauerndorf vor den Toren Zürichs gewesen war, fünzigtausend Menschen, und jeder vierte war Italiener. Die Infrastruktur aber war noch immer jene eines mittelalterlichen Dorfes. Es gab keine Kanalisation, wenig elektrisches Licht und kaum fließendes Wasser in den Häusern. Die italienischen Einwanderer lebten in fünfstöckigen Häusern, in denen jedes Zimmer mit drei oder vier Matratzen belegt war; oft teilten sich zwei Schichtarbeiter eine Matratze, da der eine zur Arbeit ging, wenn der andere sich schlafen legte. Das war ein glänzendes Geschäft für die – in aller Regel schweizerischen – Besitzer der Wohnhäuser; denn nebst dem ordentlichen Mietzins zahlte jeder Schlafgänger ein Schlafgeld von zehn bis zwanzig Rappen pro Tag. Manche Vermieter verschafften sich zusätzliche Einnahmen, indem sie ihren Kostgängern Chianti verkauften; andere aber verzichteten darauf, um sich laute Nächte und Ferkeleien zu ersparen.

Die Schweizer Bewohner Außersihls mußten mit ansehen, wie ihr proletarisch-kleinbürgerliches Viertel zum Slum verkam. Das erbitterte nicht nur den Scherenschleifer Alois Remetter. In jenen Tagen schrieb die »Neue Zürcher Zeitung«: »In Außersihl ist nach und nach eine tiefgehende Erbitterung gegen die eingewanderten italienischen Arbeiter, Maurer und Erdschaufler eingetreten. Den Grund dieser durchaus nicht unberechtigten Erregung bilden namentlich die zahlreichen nächtlichen Raufhändel, bei denen die heissblütigen Söhne des Südens, die im nüchternen Zustande Streit und Zank wohl zu meiden wissen, Gebrauch von ihren Messern machen, und in denen binnen kurzer Zeit, stets von der Hand berauschter Italiener, fünf Totschläge begangen wurden. Auch sagt man (...), Frauen, Töchter und selbst unmündige Kinder seien abends auf den Strassen nicht sicher, wo die grossen Massenquartiere der Italiener und ihre Kneipen sich befinden.« Darüber hinaus erboste die alteingesessenen Schweizer, daß im Quartier italienische Wirtschaften und Lebensmittelgeschäfte wie Pilze aus dem Boden schossen und daß die »Tschinggen« auf den Baustellen die Löhne drückten, dem Staat kaum Steuern ablieferten, Singvögel verspeisten und bei jeder Gelegenheit als Streikbrecher einsprangen. Jahrelang hatte man all das geduldig ertragen, weil die Bauwirtschaft Hochkonjunktur hatte und auf die italienischen Arbeiter angewiesen war. Aber jetzt, da eine kleine Rezession eingesetzt hatte, war das Maß voll.

Es war kurz vor halb drei Uhr nachts, als Alois Remetter und seine Freunde in der Brauerstraße auf eine Gruppe italienischer Männer, Frauen und Kinder stießen, die auf dem Heimweg vom Jakobsfest waren.

Ohne Vorwarnung schlug Remetter zwei Italiener mit seinem Stock zu Boden; der eine verlor seine Schneidezähne, der andere wurde mit Fußtritten traktiert. Als Remetter aber dem dritten »Tschingg« den Stock über den Kopf schlug, zog dieser – ein einunddreißigjähriger Bauarbeiter namens Giovanni Brescianini – »in Überschreitung der erlaubten Notwehr«, wie das Gericht später festhalten sollte – ein Küchenesser und stieß es dem Scherenschleifer in den Bauch. Brescianini und die anderen Italiener verschwanden im Dunkel der Nacht. Remetter sank schwer verletzt in die Arme seiner Freunde, die ihn sofort nach Hause trugen. Dort starb der fünfundzwanzigjährige etwa zwanzig Minuten später unter den Augen seiner Angela, ohne das Bewußtsein wiedererlangt zu haben.

Die Nachricht von der Bluttat verbreitete sich in Außersihl noch in der Nacht wie ein Lauffeuer. Den ganzen Sonntagmorgen jagte ein Gerücht das andere, und immer neue schauerliche Einzelheiten kursierten. Scherenschleifer Remetter war nicht nur von einem Tschinggen, sondern von einer ganzen Bande italienischer Messerstecher angefallen worden. Von hinten hatten sie dem Ahnungslosen die Dolche in den Rücken gerammt. Hinterrücks die Kehle aufgeschlitzt hatten sie dem Arglosen. Und zwar nicht in Notwehr, sondern ohne Anlaß. Einfach so.

Als die ersten Kneipen aufsperrten, fanden die Empörten zueinander, erst zu Dutzenden, dann zu Hunderten. Die meisten von ihnen waren junge Außersihler Arbeitersöhne von zwanzig oder fünfundzwanzig Jahren, die ihr Brot verdienten als Bauhandlanger, Bahnarbeiter, Fuhrknechte oder Fabrikarbeiter. Stunde um Stunde standen und saßen sie beieinander und tranken, rauchten und krakeelten. Bis zum Abend hatten sich dem jugendlichen Haufen Dutzende Familienväter und wohlsituierte Bürger angeschlossen, die mit den Tschinggen ebenfalls eine Rechnung offen hatten. Und irgendwann im Lauf des Nachmittags fiel laut »Neue Zürcher Zeitung« der Beschluß, »jetzt müssten die Italiener einmal auf den Grind haben«. Bei Einbruch der Nacht setzte sich die Menschenmenge in Bewegung, »und ihr schloss sich die ganze radaulustige Gesellschaft an, die in der Gegend zu finden ist. Es war ein starker Trupp von wohl einigen hundert Mann, der nun von einer italienischen Wirtschaft zur anderen zog, um den gefassten Beschluss in Vollzug zu bringen. Wo ein Italiener seinen Wein und seinen Risotto oder seine Polenta feilbot, wurden die Fenster eingeschlagen, die Thüren eingedrückt, das Haus beschmiert und beschmutzt.« Der Mob suchte auch die Wohnungen der Italiener heim, warf Matratzen aus den Fenstern, plünderte die Habseligkeiten der Tschinggen und prügelte auf jeden ein, der italienisch sprach oder auch nur wie ein Italiener aussah.

Die dreißig Polizisten, die in jener Nacht in Außersihl Dienst taten, waren machtlos. Zwar gelang es einer Patrouille, einen der lautesten Krakeeler festzunehmen und im Wachlokal an der Langstraße in die Zelle zu sperren; aber dann rückte auch schon die Meute an, um am Wachlokal die Fenster einzuwerfen und die Tür einzudrücken. Immer größer wurde im Laufe der Nacht die Aufregung, und es half auch nichts, daß die Feuerwehr in Uniform der Polizei zu Hilfe eilte. Erst als nachts um ein Uhr heftiger Regen einsetzte, kühlten die Gemüter ab, und nach und nach gingen alle Krawallmacher nach Hause.

Am nächsten Morgen schien die Sonne, und die Obrigkeit glaubte, es sei alles wieder gut. Der Polizeichef las die Rapporte und befand, daß sich in Außersihl einer der »gewohnten einmaligen Krawalle in etwas stärkerer Auflage« ereignet habe. Die »Neue Zürcher Zeitung« aber schrieb schon in ihrer Mittagsausgabe: »Man befürchtet, der Tumult gehe nochmals los.«

Tatsächlich ging es schon am Nachmittag wieder los. Zu Hunderten zogen die Unzufriedenen durch die Straßen Außersihls, und als das Gerücht die Runde machte, daß ein Italiener einen alten Mann geschlagen habe, brach der Sturm aufs neue los. An jenem Abend wurden sämtliche vierzehn Italienerrestaurants verwüstet, die am Vorabend noch heil geblieben waren. Die Krawallmacher warfen Tische und Stühle aus den Fenstern, zerschlugen Geschirr und stahlen Grappa, Chianti und Parmaschinken, soviel sie tragen konnten. Die bedrängte Polizei mußte sich darauf beschränken, ihre eigenen Wacht- und Arrestlokale gegen die wütende Menge zu verteidigen. Um halb elf rückte ein Bataillon Rekruten, die in der nahen Kaserne Dienst taten, mit aufgepflanztem Bajonett gegen die Krawallmacher vor, um die Langstraße zu räumen und die Seitenstraßen abzusperren. Die unerfahrenen Rekruten wurden mit Steinen und Schimpftiraden empfangen, und aus zahlreichen Fenstern regnete es den Inhalt von Nachttöpfen auf sie hinunter.

Der Tumult dauerte die ganze Nacht, und am Dienstag ging es schon um sechs Uhr morgens wieder los. Die Zahl der Krawallmacher nahm von Stunde zu Stunde zu, denn immer mehr Neugierige und Tschinggenhasser aus den besseren Vierteln der Stadt zogen jetzt nach Außersihl, um auch dabei zu sein, wenn etwas geschah.

Gleichzeitig flohen die Italiener in hellen Scharen. Etwa tausend versteckten sich in den Wäldern am Uetliberg, und Hunderte am Zürichberg; sie zündeten Lagerfeuer an und stellten Wachtposten auf zum Schutz vor weiteren Überfällen. Viele aber liefen auf direktem Weg zum Bahnhof, um in den nächsten südwärts fahrenden Zug zu steigen und die Stadt, in der sie ihres Lebens nicht mehr sicher waren, für immer zu verlassen.

Bis zum frühen Abend hatte die Polizei etwa achtzig der lautesten Krawallmacher festgenommen und in der Militärkaserne in Haft gesetzt. Da geschah es, daß sich der Zorn der Demonstranten von den Italienern ab- und der Armee zuwandte. Um 19 Uhr drängten sich sechstausend Männer vor dem Haupttor der Kaserne. Sie brüllten, johlten, pfiffen und warfen Steine, große Schraubenmuttern und Zaunlatten mit Nägeln gegen die Fassade, und durch die Fenster der Arrestzellen im Erdgeschoß antwortete ihnen das Gejohle und Singen der Verhafteten. Die Demonstranten sammelten Bier, Brot, Wurst, Käse und Geld für die Inhaftierten, und dann wurden die halbwüchsigen Buben losgeschickt, die immer und immer wieder zwischen den Beinen der Rekruten hindurchschlüpften, um den Proviant durch die offenen Zellenfenster zu werfen. »Der Charakter des Tumultes war hier offenbar nicht mehr gegen die Italiener gerichtet, denn solche waren keine zu sehen«, schrieb die Stadtregierung zwei Wochen später in ihrem Bericht ans Parlament. »Es war die Freude am Radau, am Skandal, die Lust an der Unordnung und Widersetzung und blinde Schädigungssucht, welche zum Ausdruck kamen.«

Am Mittwochmorgen beschloß die Regierung des Kantons Zürich, zum Schutz von Ruhe und Ordnung achtzig Mann Kavallerie und zwei Füsilierbataillone aufzubieten; denn der Krawall drohte sich zu einem Angriff auf die Staatsgewalt auszuwachsen und auf andere Teile der Stadt überzugreifen. Am Abend wurde alle verfügbare Polizei und Feuerwehr über die ganze Stadt verteilt. Die zwei Füsilierbataillone besetzten die strategisch wichtigen Punkte der Stadt, die Dragoner der Kavallerie patrouillierten unablässig durch die Straßen. Das wirkte. Am Mittwochabend war die Ruhe in Außersihl wiederhergestellt. Die Scherben waren weggefegt, die Krawallmacher zu Hause bei ihren Familien, die Soldaten in der Kaserne. Und in der ungewohnt stillen Sommernacht gab in der Brauerstraße zu später Stunde der Männerchor »Liederfranz« ein Ständchen, als ob nichts geschehen wäre. »Wie Friedensboten kamen uns die Sänger vor«, schrieb der Reporter des Tages-Anzeiger, »und männiglich athmete erleichtert auf. Solche ›Ruhestörer‹ lassen wir uns gern gefallen.«

Manche aber glaubten noch nicht daran, daß der Sturm vorbei sei. Der Exodus der Italiener aus Zürich hielt auch am Donnerstag an. Das brachte die Baumeister in arge Verlegenheit, denn die Baustellen lagen verödet da, und es waren keine Arbeiter zur Stelle, welche die Häuser, Fabriken und Eisenbahnlinien hätten fertigstellen können.

Die Hausbesitzer fürchteten sich vor einem neuerlichen Aufflammen der Krawalle. Viele schützten sich auf ihre Art, indem sie ihren italienischen Mietern von heute auf morgen den Schlafplatz kündigten, um nicht aufs neue Ziel der Zerstörungswut zu werden. Und obwohl akuter Mangel an Arbeitskräften herrschte, entließ mancher Baumeister aus Angst vor den Krawallmachern all seine Tschinggen.

So traf der Krawall viele Italienerfamilien am härtesten, als er schon vorbei war. Von einem Tag auf den anderen obdach- und arbeitslos geworden, versammelten sich Hunderte Mittellose vor dem italienischen Konsulat in der Fraumünsterstraße, damit ihnen der Staat ein Eisenbahnticket in die Heimat bezahle. Nach Büroschluß bewegte sich ein ergreifender Zug von vierhundert vertriebenen italienischen Arbeitern durch die Straßen Zürichs, dem Bahnhof entgegen, viele in Begleitung ihrer Frauen und Kinder, und alle trugen ihr Hab und Gut in Bündeln und Schachteln unter den Armen. Sie stiegen in einen bereitstehenden Sonderzug und reisten ab, um nie mehr zurückzukehren.

Von den sechs- oder achttausend Krawallmacher aber, die sich vier Tage lang derart empört hatten über den gewaltsamen Tod des Alois Remetter, war niemand zugegen, als er am Mittwochnachmittag bestattet wurde. Laut »Neue Zürcher Zeitung« weinte die junge Witwe einsam und bitterlich am offenen Grab, und der römisch-katholische Geistliche ermahnte sie, keinen Haß und keine Rachsucht nachzutragen. Ob sie den Ratschlag beherzigt hat, ist nicht bekannt. Sie wohnte noch bis am 3. Oktober 1896 an der Bollerwyss 11 in Außersihl und meldete sich dann ab ins heimatliche Elsaß, wo sich ihre Spur verliert.

Giovanni Brescianini aber, der Remetter in Überschreitung der erlaubten Notwehr erstochen hatte, wurde einen Tag nach dessen Beerdigung verhaftet und gestand die Tat nach dreitägigem Leugnen. Das Geschworenengericht in Winterthur verurteilte ihn Anfang Oktober zu drei Monaten Gefängnis und Bezahlung von 1500 Franken Genugtuung an die Witwe Remetter. Wahrscheinlich saß er noch im Gefängnis, als seine Gattin Angela am 17. Dezember ein Mädchen namens Lucia zur Welt brachte. Nach Verbüßung der Strafe trennte er sich aus unbekannten Gründen von Frau und Tochter und lebte neunzehn Jahre lang an der Rosengartenstraße 12. Er war fünfzig Jahre alt, als er sich am 29. November 1915 nach Italien abmeldete; wahrscheinlich, weil sein Vaterland in den Ersten Weltkrieg eingetreten war und ihn zum Militärdienst einberief. Seine Frau Angela und Lucia aber blieben in Zürich. Die Mutter heiratete einen anderen Mann, und nach Erreichen der Volljährigkeit ging auch Lucia den Bund der Ehe ein. Ihre Nachfahren bewohnen den Großraum Zürich bis auf den heutigen Tag in großer Zahl.

Wichtigste Quellen

Ein Schweizer Rasputin in Teheran

- Daniela Meier: Between Court Jester and Spy: The Career of a Swiss Gardener at the Royal Court in Iran. in: Critique, Nr. 16, Frühling 2000, S. 75-87.
- Daniela Meier: Helvetias guter Draht zum Pfauenthron. Dissertation. Orell Füssli Verlag Zürich, 2002.
- Akten des Polizeiinspektorats und des Zivilstandsamtes der Stadt Zürich.
- Marvin Zonis: Majestic Failure. The Fall of the Shah. Chicago und London 1991.
- Mohammad Gholi Majd: Great Britain and Reza Shah. The Plunder of Iran, 1921–1941. University Press of Florida, 2001.
- Persönliche Gespräche und Korrespondenz mit Bekannten Ernest Perrons in der Schweiz, Dezember 2003 (Jean-Christophe Musy, Düdingen; Samuel Marti, Unterseen; Louis Johannot, Le Rosey; Heinrich Kuhn, Beatenberg).

Der Spuk von Stans

- Melchior Joller, Zürich 1863: Darstellung selbsterlebter mystischer Erscheinungen.
- Fanny Moser, Zürich 1950: Spuk. Irrglaube oder Wahrglaube?
- Gabriela Niederberger, Basel 1998 (Lizentiatsarbeit): Sonderfall: Nidwalden. 1798–1815: Der Widerstand der Nidwaldnerinnen und Nidwaldner gegen moderne Zeitströmungen im Zeichen der Reaktion.
- Maria Odermatt-Lussy, Stans 1967: Die Vaterländerin Veronika Gut. In: Nidwaldner Kalender 1967.

– Pirmin Meier, München 1993: Magische Schweiz.
– Brigitte Baur, Evelyn Boesch, Lukas Vogel, Zürich 1998: »Welch ein Leben!« Quellentexte zum gesellschaftlichen Umbruch in der Innerschweiz nach 1798.

Der ungehorsame Soldat Max Waibel

– Max Waibel, Basel 1981: 1945 – Kapitulation in Norditalien. Originalbericht des Vermittlers.
– Allen Dulles/Gero v.S. Gaevernitz, Düsseldorf/Wien 1967: Unternehmen Sunrise.
– Akten des Bundesarchivs.
– Zeitgenössische Presseberichte.
– Persönliche Gespräche und Korrespondenz mit Angehörigen von Max Waibel im Juni 2002.

Abenteuer Nova Friburgo

– Martin Nicoulin, Freiburg 1973 (Dissertation): La Génèse de Nova Friburgo. Emigration et colonisation suisse au Brésil, 1817–1827.
– Martin Nicoulin (Hsg.), Freiburg 1977: Fribourg retrouve Nova Friburgo.
– Johann Aebischer, Freiburg 1933: Nova friburgo, eine Tochterstadt Freiburgs in Brasilien. In »Beiträge zur Heimatkunde«, pp. 5-25.
– Alves de Miranda, Nova Friburgo 1920: Centenario de Nova Friburgo 1818–1918.
– Der Schweizerbote Jahrgang 1819 und 1820.
– Persönliche Korrespondenz im Februar 2003 mit Nachfahren von Schweizer Einwanderern in Nova Friburgo.

Der Verrat von Novara
– Ernst Gagliardi, Zürich 1919: Der Anteil der Schweizer an den italienischen Kriegen 1494–1516.
– Jean-René Bory, Neuenburg 1980: Die Geschichte der Fremdendienste.
– Hauptmann P. de Vallière, Neuenburg 1912: Treue und Ehre. Geschichte der Schweizer in fremden Diensten.
– Werner Meyer, Zürich 1995: Die Schweiz in der Geschichte 700–1700.
– Benno Kindt, Greifswald 1890: Die Katastrophe Ludovico Moros in Novara. Dissertation.
– Valentin Groebner, Konstanz 2000: Gefährliche Geschenke. Ritual, Politik und die Sprache der Korruption in der Eidgenossenschaft im späten Mittelalter und am Beginn der Neuzeit.

Goldrausch in Solothurn
– Urs Wiesli, Derendingen 1955: Frühere Goldgewinnung in Olten-Gösgen. In: Jurablätter. Monatszeitschrift für Heimat- und Volkskunde.
– Hans Kaufmann, Derendingen 1961: Zur Geschichte der Ausbeutung solothurnischer Goldvorkommen. In: Jurablätter. Monatszeitschrift für Heimat- und Volkskunde.
– Ferdinand Schwab, Solothurn 1927: Die industrielle Entwicklung des Kantons Solothurn.
– B. Amiet und St. Pinösch, Solothurn 1937: Geschichte der Solothurner Familie Tugginer. In: Jahrbuch für Solothurnische Geschichte, 10. Band, 1937, S.1-184.
– Zeitgenössische Tageszeitungen.
– Protokolle des Regierungsrats des Kantons Solothurn.

Géo Chavez – Der erste Mensch über den Alpen
– A. Biollaz, Sion 1980: L'histoire de l'aviation au Valais, S.27-46.
– Paul Willi Bierbaum, 1910: Im Aeroplan über die Alpen.
– D.Conenna, 1985: Géo Chavez, un eroe dell'aria.
– Rudolf Timmermann, Olten 1940 (Roman): Aufzeichnungen, Flug und Tod des Géo Chavez.
– Zeitgenössische Tageszeitungen.

Gottes Zorn im Bündnerland
– Wolfgang Harms, (Hsg), 1997: Deutsche Illustrierte Flugblätter. Bd 1 und 7. Tübingen.
– Guido Scaramellini u.a. (1988): La frana del 1618. Storia e immagini di una rovina. Piuro.
– Zeitschrift für Schweizerische Archäologie und Kunstgeschichte 41, 1984: 249-281.
– Christian Pfister (Hsg), Bern 2002: Am Tag danach. Zur Bewältigung von Naturkatastrophen in der Schweiz 1500–2000.
– Alexander Pfister, Basel 1938: Georg Jenatsch. Sein Leben und seine Zeit.
– Friedrich Pieth, Chur 1945: Bündergeschichte.

Das schnelle Leben des Louis Chevrolet
– Pierre Barrals, Porrentruy 1991: L'aventure Louis Chevrolet.
– Jacques Chevalley, Beaune 1992: Chevrolet, un nom, une famille.
– Die offizielle Firmengeschichte von General Motors und Chevrolet im Internet: www.gm.com.

Die Wasserfallenbahn

- Konzessionsgesuche für den Bau der Wasserfallenbahn (1870, 1899).
- Akten im Staatsarchiv des Kantons Solothurn.
- Bericht des Ingenieurs Stephenson vom 18.10. 1850 an den Bundesrat.
- Akten im Bundesarchiv in Bern.
- Persönliche Gespräche mit Einheimischen in Mümliswil, Reigoldswil im November 2002.

Die Böse Fasnacht zu Basel

- Werner Meyer, Basel 2000: Basel im Spätmittelalter, in: Georg Kreise/Beat von Wartburg (Hg): Basel – Geschichte einer städtischen Gesellschaft.
- Basler Chroniken.
- Röteler Chronik.
- Kleine Basler Annalen.
- Urkundenbuch der Stadt Basel.
- Rudolf Wackernagel: Geschichte der Stadt Basel, Basel 1907.
- René Teuteberg: Basler Geschichte, Basel 1998.

Die drei Tellen

- Andreas Suter, Tübingen 1997: Der Schweizerische Bauernkrieg von 1653.
- Gottfried Guggenbühl, Bern 1953: Der Schweizerische Bauernkrieg von 1653.
- Hans Mühlestein, Celerina 1942: Der große Schweizerische Bauernkrieg von 1653.

– Sebastian Grüter, Luzern 1945: Geschichte des Kantons Luzern im 16. und 17. Jahrhundert.
– Roland Müller, Luzern 1986: Der Schweizerische Bauernkrieg von 1653. In: Bauern und Patrizier. Stadt und Land Luzern im Ancien Régime.
– Julius Aregger, Entlebuch 1979: Christian Schibi und seine Familie.

Der Italienerkrawall in Zürich

– Heinz Rathgeb, Bern 1977: Der Ordnungsdiensteinsatz der Schweizer Armee anläßlich des Italiener-Krawalls im Jahre 1896 in Zürich.
– Heinz Loser, Zürich 1983 (unveröffentlichte Lizentiatsarbeit): Der Italienerkrawall von 1896.
– Barnaby Skinner, Basel 2000 (unveröffentlichte Lizentiatsarbeit): Die »Italienerfrage« in der Schweiz.
– Neue Zürcher Zeitung und Tages-Anzeiger Juli/August 1896.
– Akten und Protokolle der städtischen und kantonalen Behörden.